大师童书系列

沈从文
作品精选

到北海去

沈从文 著

南京大学出版社

总 序

儿童文学:"现代"建构的一个观念

朱自强[①]

儿童文学是什么?我相信对这个问题的追问,要比对"文学是什么"这一问题的追问更为普遍。在中国儿童文学界,对这一问题给出的定义有很多种。

儿童文学是根据教育儿童的需要,专为广大少年儿童创作或改编,适合他们阅读,能为少年儿童所理解和乐于接受的文学作品。

——蒋风著:《儿童文学概论》

儿童文学是专为儿童创作并适合他们阅读的、具有独特艺术性和丰富价值的各类文学作品的总称。

——方卫平主编:《儿童文学教程》

[①] 朱自强,著名儿童文学理论家、翻译家,现任中国海洋大学教授。著有《儿童文学概论》、《儿童文学的本质》、《现代儿童文学文论解说》等。

对儿童文学最简明的界说是：以少年儿童为主要读者对象的文学。

——吴其南主编：《儿童文学》

儿童文学是大人写给小孩看的文学。

——王泉根主编：《儿童文学教程》

应该说，上述四种儿童文学的定义都明白易懂，而且都在不同程度上有助于人们对于儿童文学的理解。我自己也写过《儿童文学概论》一书，在写作过程中，我回避了给儿童文学下明白易懂的定义这一方式，而是提出了一个儿童文学成立的公式——"儿童文学＝儿童×成人×文学"，想通过对这一公式的阐释，来回答"儿童文学是什么"这一问题。我在书中说——

我提出这个公式的前提是否定"儿童文学＝儿童＋文学"和"儿童文学＝儿童＋成人＋文学"这两个公式。

在儿童文学的生成中，成人是否专门为儿童创作并不是使作品成为儿童文学的决定性因素（很多不是专为儿童创作的作品却成为儿童文学，就说明了这个问题），至为重要的是在儿童与成人之间建立双向、互动的关系，因此，我在这个公式中不用加法而用乘法，是要表达在儿童文学中"儿童"和"成人"之间不是相向而踞，可以分隔、孤立，没有交流、融合的关系；而是你中有我，我中有你的生成关系。儿童文学的独特性、复杂性、艺术可能、艺术魅力正在这里。

这个公式里的"文学",一经与"儿童"和"成人"相乘也不再是已有的一般文学,而变成了一种新的文学,即儿童文学。

在儿童文学的生成中,"儿童"、"成人"都是无法恒定的,具有无限可能的变量。不过,需要说明的是,在我提出的公式里,"儿童"、"成人"、"文学"的数值均至少等于或大于2,这样,它才有别于"儿童文学=儿童+成人+文学"这个公式,即它的结果至少不是6,而是8,如果"儿童"、"成人"、"文学"的数值是3,那就不是加法结果的9,而是乘法结果的27。可见"儿童"、"成人"的精神内涵越丰富,"相乘"之后的儿童文学的能量就越大。

一旦儿童和成人这两种存在,通过文学的形式,走向对话、交流、融合、互动,形成相互赠予的关系,儿童文学就会出现极有能量的艺术生成。

显而易见,我回避了用成人专为儿童创作、以儿童为读者对象、适合儿童阅读这样的尺度来衡量是不是儿童文学这种方式。原因在于,我认为这样的定义过于简单化、常识化,而一个关于儿童文学的定义应该具有理论的含量。所谓理论,即如乔纳森·卡勒所说:"一般说来,要称得上是一种理论,它必须不是一个显而易见的解释。这还不够,它还应该包含一定的错综性,……一个理论必须不仅仅是一种推测:它不能一望即知;在诸多因素中,它涉及一种系统的错综关系;而且要证实或推翻它都不是一件容易事。"

认识儿童文学的本质,需要建立历史之维。考察某一事物(观念)的发生,有助于人们观察到、认识到这一事物(观念)的核心构成。

饶有意味的是，在儿童文学的发生这一问题上，我与提出上述四个定义的蒋风、方卫平、吴其南、王泉根四位学者有着截然不同的观点。简而言之，这四位学者都认为，儿童文学在中国"古已有之"，而我则认为，在任何国家，儿童文学都没有"古代"，只有"现代"，儿童文学是现代文学。

王泉根认为："中国的儿童文学确是'古已有之'，有着悠久的传统"，并明确提出了"中国古代儿童文学"、"古代的口头儿童文学"、"古代文人专为孩子们编写的书面儿童文学"的说法。

方卫平说："……中华民族已经拥有几千年的文明史。在这个历史过程中……儿童文学及其理论批评作为一种具体的儿童文化现象，或隐或现，或消或长，一直是其中一个不可分离和忽视的组成部分。"

吴其南说："古代没有自觉地为儿童创作的儿童文学，但绝不是没有可供儿童欣赏的儿童文学和准儿童文学作品。"

我反对上述儿童文学"古已有之"的儿童文学史观，指出："总之，西方社会也好，中国社会也好，如果没有童年概念的产生（或曰假设），儿童文学也是不会产生的。归根结底，儿童文学不是'自在'的，而是'自为'的，是人类通过'儿童'的普遍假设，对儿童和自身的发展进行预设和'自为'的文学。""在人类的历史上，儿童作为'儿童'被发现，是在西方进入现代社会以后才完成的划时代创举。而没有'儿童'的发现作为前提，为儿童的儿童文学是不可能产生的，因此，儿童文学只能是现代社会的产物。它与一般文学不同，它没有古代而只有现代。如果说儿童文学有古代，就等于抹杀了儿童文学发生发展的独特规律，这不符合人类社会的历史进程。"

中国儿童文学"古已有之"这一观点的背后，暗含着将儿童文学当作"实体"的客观存在这一错误的认识。比如，方卫平认为儿童文学及其理论是可以以"自在"的方式存在的。他说："在对中国古代儿童文学理论批评的历史探询中，我们不难发现，直到一百多年以前，中国儿童的精神境遇仍然是在传统观念的沉重挤压之下，中国儿童文学及其理论批评仍然处于一种不自觉的状态。中国儿童文学理论批评从自在走向自觉，这是一个何等漫长而艰难的历史过程！"吴其南则把儿童文学当成了"事实上的存在"。他说："……没有自觉的'童年'、'儿童'、'儿童文学'的观念，不等于完全没有'童年'、'儿童'、'儿童文学'事实上的存在。"认为作为"事实上的存在"的儿童文学，可以脱离"'儿童文学'的观念"而存在，这就犹如说，一块石头可以脱离人的关于"石头"的观念而存在一样，是把"儿童文学"当成了不以人的意志（观念）为转移的一个客观"实体"。

反思起来，我本人也曾经在不知不觉之中，误入过将儿童文学当作"实体"来辨认的认识论误区。比如，王泉根说，晋人干宝的《搜神记》里的《李寄》是"中国古代儿童文学"中"最值得称道的著名童话"，"作品以不到400字的短小篇幅，生动刻绘了一个智斩蛇妖、为民除害的少年女英雄形象，热情歌颂了她的聪颖、智慧、勇敢和善良的品质，令人难以忘怀"。我就来否认《李寄》是儿童文学作品，说:"《李寄》在思想主题这一层面,与'卧冰求鲤'、'老莱娱亲'一类故事相比,其封建毒素也是有过之而无不及。'李寄斩蛇'这个故事,如果是给成人研究者阅读的话,原汁原味的文本正可以为研究、了解古代社会的儿童观和伦理观提供佐证,但是,把这个故事写给现代社会的儿童,却必须在思想主题方面进行根本的改造。"

现在,我认识到通过判断某个时代是否具有客观存在的"实体"儿童文学作品,来证明某个时代存在或者不存在儿童文学是没有意义的。因为,不存在客观存在的"实体"儿童文学作品,存在的只有儿童文学这一"观念"。作为观念的儿童文学存在于人的头脑中,是由"现代"意识建构出来的。认识到这一问题,我写作了《"儿童文学"的知识考古》一文,不再通过指认"实体"的儿童文学的存在,而是通过考证"观念"的儿童文学的发生,来否定儿童文学"古已有之"这一历史观。我借鉴福柯的知识考古学的方法,借鉴布尔迪厄的"文学场"概念来研究这一问题,得出结论:"在古代社会,我们找不到'儿童文学'这一概念的历史踪迹,那么,在哪个社会阶段可以找得到呢?如果对'儿童文学'这一词语进行知识考古,会发现在词语上,'儿童文学'是舶来品,其最初是通过'童话'这一儿童文学的代名词,在清末由日本传入中国(我曾以'童话'词源考为题,在《中国儿童文学与现代化进程》一书中做过考证),然后才由周作人在民初以'儿童文学'(《童话研究》1912年),在'五四'新文学革命时期,以'儿童文学'(《儿童的文学》1920年)将儿童文学这一理念确立起来。也就是说,作为'具有确定的话语实践'

的儿童文学这一'知识',是在从古代传统社会走向现代社会转型的清末民初这一历史时代产生、发展起来的。"我在《现代儿童文学文论解说》一书中,更具体地指出:"在中国,第一次使用'儿童文学'这一词语(概念)的是周作人。在周作人的著述中,'儿童文学'这一概念的形成过程大致是,与1908年发表的《论文章之意义暨其使命因及中国近时论文之失》一文中,提出'奇觚之谈'(即德语的'Märchen',今通译为'童话'),将其与'童稚教育'联系在一起,随后于1912年写作《童话研究》,提出了'儿童之文学'(虽然孙毓修于1909年发表的《〈童话〉序》一文,出现了'童话'、'儿童小说'这样的表述,但是,'儿童之文学'的说法仍然是一个进步),八年以后,在《儿童的文学》一文中,提出了'儿童文学'这一词语。"

近年来,我在思考、批判儿童文学学术界的几位学者反"本质论"及其造成的不良学术后果时,借鉴实用主义哲学的真理观,提出了"走向建构主义的本质论"这一理论主张。耐人寻味的是,反"本质论"者声称运用的是后现代理论,而我的这一批判,同样是得益于与后现代主义相关的理论。

后现代哲学家理查德·罗蒂说:"真理不能存在那里,不能独立于人类心灵而存在,因为语句不能独立于人类心灵而存在,不能存在那里。世界存在那里,但对世界的描述则否。只有对世界的描述才可能有真或假,世界独自来看——不助以人类的描述活动——不可能有真或假。""真理,和世界一样,存在那里——这个主意是一个旧时代的遗物。"罗蒂不是说,真理不存在,而是说真理不是一个"实体",不能像客观世界一样"存在那里",真理只能存在于"对世界的描述"之中。正是"对世界的描述",存在着真理和谬误。

儿童文学就是"对世界的描述"。每个人的儿童文学观念所表达的"对世界的描述"都会有所不同。在这有所不同之中,就存在着"真理"与"谬误"之分。比如,如果将儿童文学看作一种观念,我在前面介绍的关于儿童文学是否"古已有之"的不同观点之间,就会出现"真理"与"谬误"的区别。

还应该认识到,在儿童文学"对世界的描述"的话语中,也存在着创造"真理"(观念)和陈述"世界"(事实)这两种语言。创造"真理"的语言是主观的,可是陈述"世界"(事实)的语言具有客观性,也就是说,儿童文学言说者对主观的观念可以创造(建构),但是,对客观的事实却不能创造(建构),而只能发现(陈述)。

比如,周作人有没有接受杜威的儿童中心主义并把它转述为儿童本位论,这不是"真理",有待研究者去"创造"("制造"),而是"世界"即客观存在的事实。正是这个事实,有待研究者去"发现"。"发现"就要有行动、有过程,最为重要的是要有证明。哥伦布发现新大陆,必须有美洲大陆这个"世界""存在那里"。同样道理,研究者如果发现周作人接受了杜威的儿童中心主义并把它转述为儿童本位论,必须有"事实"("世界")"存在那里"。这个"事实"就存在于那个时代的历史文献资料之中。

作品是以什么性质和形式存在,是一个观念中的形态,是作家的文本预设与读者的接受和建构共同"对话"、商谈的结果。如果一部（一篇）作品被某人认定为儿童文学作品，那一定是那部（那篇）作品的思想和艺术形式与某人的儿童文学观念发生了契合。儿童文学的观念不同，就会划分出不同的儿童文学版图。

作为"大师童书系列"的序文，我花了如此多的篇幅谈论儿童文学不是一个客观存在的"实体"，而是"现代"思想意识建构的一个观念，为的就是避免陷入这套书系所选作品是不是"实体"的儿童文学这一认识论的误区，进而认识到该书系所具有的重要价值。

我由衷地祝贺"大师童书系列"的面世！

2015年4月16日

于中国海洋大学儿童文学研究所

目录

玫瑰与九妹 /1

往 事 /7

夜 渔 /13

到北海去 /20

腊八粥 /27

福 生 /34

白 日 /41

猎野猪的故事 /60

瑞龙 /72

静 /84

我读一本小书同时又读一本大书 /96

我上许多课仍然不放下那一本大书 /112

过节和观灯 /125

玫瑰与九妹

大哥从学堂归来时，手上拿了一大束有刺的青绿树枝。

"妈，我从萧家讨得玫瑰花来了。"

大哥高兴的神气，像捡得八宝精似的。

"不知大哥到哪个地方找得这些刺条子来，却还来扯谎妈是玫瑰花，"九妹说，"妈，你是莫要信他话！"

"你不信不要紧。到明年子四月间开出各种花时，我可不准你戴……还有好吃的玫瑰糖。"大哥见九妹不相信，故意这样逗她。说到玫瑰花时，又把手上那一束青绿刺条子举了一举——像大朵大朵的绯红玫瑰花已满缀在枝上，而立即就可以折下来做玫瑰糖似的！

"谁稀罕你的，我顾自不会跑到三姨家去折吗！妈，是吧？"

"是！我宝宝不有几多，会稀罕他的？"

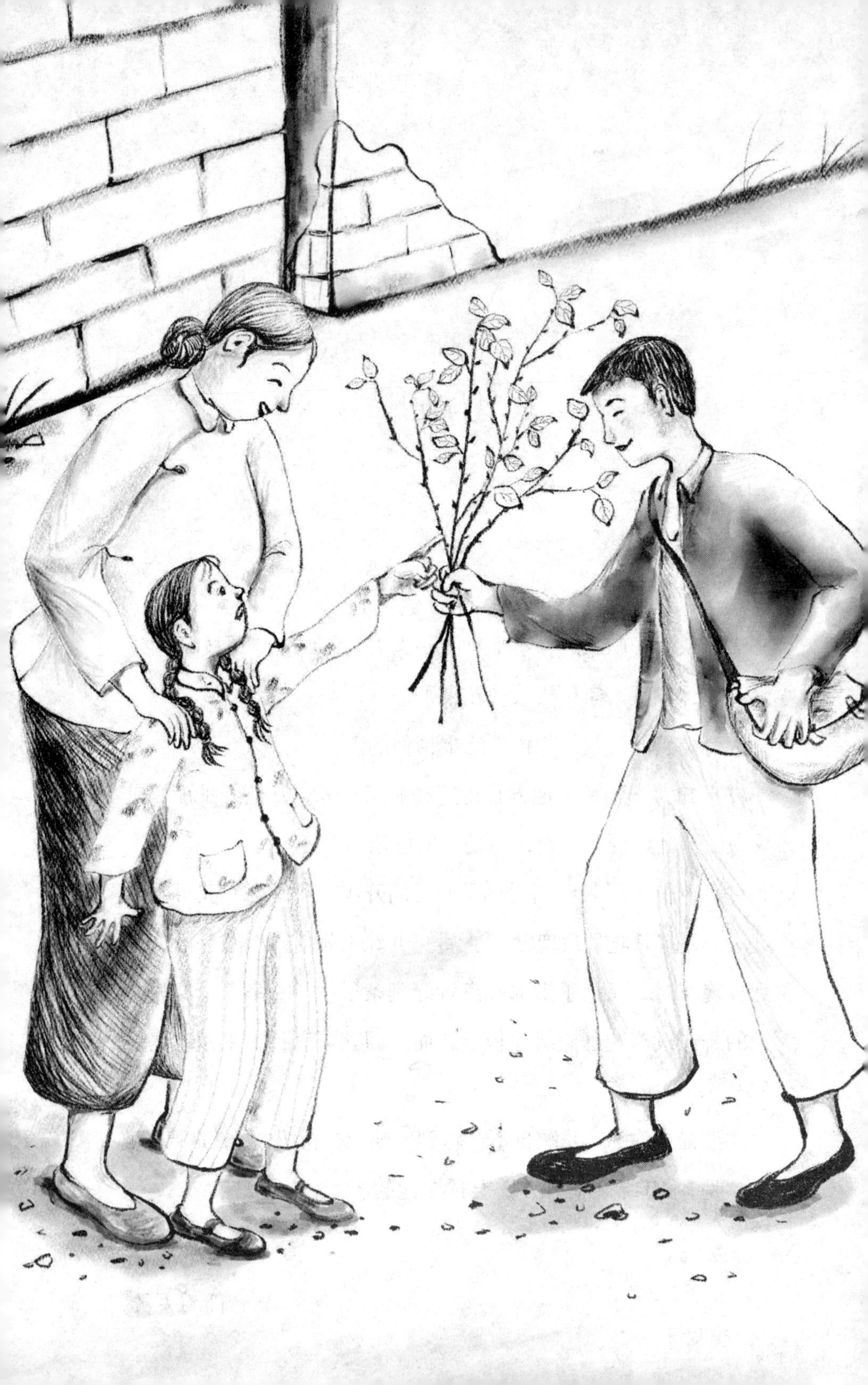

妈虽说是顺到九妹的话，但这原是她要大哥到萧家讨的，是以又要我去帮大哥的忙：

"芸儿去帮大哥的忙，把那蓝花六角形钵子的鸡冠花拔出不要了，就用那四个钵子分栽。剩下的把插到花坛海棠边去。"

大哥在九妹脸上轻轻地刮了一下，就走到院中去了。娇纵的九妹，气得两脚乱跳，非要走出去照例报复一下不可，但终于给妈扯住了。

"乖崽，让他一次就是了！我们夜里煮鸽子蛋吃，莫分他……那你打妈一下好吧。"

"妈讨厌！专卫护你大哥！他有理无理打了人家一个耳巴子，难道就算了？"

妈把九妹正在眼睛角边干揉的小手放到自己脸上拍了几下，九妹又笑了。

大哥这一刮，自然是为的报复九妹多嘴的仇。

满院坝散着红墨色土砂，有些细小的红色曲蟮四处乱爬着。几只小鸡在那里用脚乱搔，赶了去又复拢来。大哥卷起两只衣袖筒，拿了外祖母剪麻绳那把方头大剪刀，把玫瑰枝条一律剪成一尺多长短。又把剪处各粘上一片糯泥巴，说是免得走气。

"老二，这一共是三种，（大哥用手指点）这是红的，——这是水红，这是大红；那种是白的。是栽成各自一钵好，还是混合起栽好呢——你说？"

"打伙儿栽好玩点。开花时也必定更热闹有趣……大哥，怎么又不将那种黄色镶边的弄来呢？"

"那种难活，萧子敬说不容易插，到分株时答应分给我两钵……好，依你办，打伙儿栽好玩点。"

我们把钵子底各放了一片小瓦，才将新泥放下。大哥扶着枝条，待我把泥土堆到与钵口齐平时，大哥才敢松手，又用手筑实一下，洒了点水，然后放到花架子上去。

每钵的枝条均有十根左右，花坛上，却只插了三根。

就中最关心花发育的自然要数大哥了。他时时去看视，间或又背到妈偷悄儿拔出钵中小的枝条来验看是否生了根须。妈也能记到每天早上拿着那把白铁喷壶去洒水。当小小的翠绿叶片从枝条上嫩杈丫间长出时，大家都觉得极高兴。

"妈，妈，玫瑰有许多苞了！有个大点儿的尖尖上已红。往天我们总不去注意过它，还以为今年不会开花呢。"

六弟发狂似的高兴，跑到妈床边来说。九妹还刚睡醒，睡眼蒙眬地搂着妈手臂说笑，听见了，忙要挣着起床，催妈帮她穿衣。

她连袜子也不及穿，披着那一头黄发，便同六弟站在那蓝花钵子边旁数花苞了。

"妈，第一个钵子有七个，第二个钵子有二十几个，第三个钵子有十七个，第四个钵子有三个，六哥说第四个是不大向阳，但它叶子却又分外多分外绿。花坛上六哥不准我爬上去，他说有十几个。"

当妈为九妹在窗下梳理头上那一脑壳黄头发时，九妹便把刚才同六弟所数的花苞数目告妈。

没有作声的妈，大概又想到去年秋天栽花的大哥身上去了。

当第一朵水红的玫瑰在第二个钵子上开放时，九妹记着妈的教训，连洗衣的张嫂进屋时见到刚要想用手去抚摩一下，也为她"嗨！不准抓呀！张嫂。"忙制止着了。以后花越开越多，九妹同六弟两人每早上都各争先起床跑到花钵边去数夜来新开的花朵的多少。九妹还时常一人站立在花钵边对着那深红浅红的花朵微笑，像花也正觑着她微笑的样子。

花坛上大概是土多一点儿吧。虽只三四个枝条，开的花却不次于钵头中的，并且花也似乎更大一点儿。不久，接近檐下那一钵子也开得满身满体了，而新的苞还是继续从各枝条嫩芽中茁壮。

屋里似乎比往年热闹一点儿。

凡到我家来玩的人，都说这花各种颜色开在一个钵子内，真是错杂得好看。同大姐同学的一些女学生到我家来看花时，也都夸奖这花有趣。三姨并且说这比她花园里的开得茂盛得远。

妈因为爱惜，从不忍折一朵下来给人，因此，谢落了的，不久便都各于它的蒂上长了一个小绿果子。妈又要我写信去告在长沙读书的大哥，信封里九妹附上了十多片谢落下的玫瑰花瓣。

那年的玫瑰糖呢，还是九妹到三姨家里折了一大篮单瓣玫瑰做的。

往 事

这事说来又是十多年了。

算来我是六岁。因为第二次我见到长子四叔时,他那条有趣的辫子就不见了。

那是夏天秋天之间,我仿佛还没有上过学。妈因怕我到外面同瑞龙他们玩时又打架,或是乱吃东西,每天都要靠到她身边坐着,除了吃晚饭后洗完澡同大哥各人拿五个小钱到道门口去买士元的凉粉外,剩下便都不准出去了!至于为什么又能吃凉粉?那大概是妈知道士元凉粉是玫瑰糖,不至吃后生病吧。本来那时的时疫也真凶,听瑞龙妈说,杨老六一家四口人,从十五得病,不到三天便都死了!

我们是在堂屋背后那小天井内席子上坐着的。妈为我从一个小黑洋铁箱子内取出一束一束方块儿字来念,她便膝头上搁着一个麻篮绩麻。衖①子里跑来的风又凉又软,很易引人瞌睡,当我倒在席子上时,妈总每每停了她的工作,为我拿蒲扇来赶那些专爱停留在人脸上的饭蚊子。间或有个时候妈也会睡觉,必到大哥从学校挟着书包回来嚷肚子饿时才醒,那么,夜饭必定便又要晚一点儿了!

爹好像到乡下江家坪老屋去了好久了,有天忽然要四叔来接我们。接的意思四叔也不大清楚,大概也就是闻到城里时疫的事情吧。妈也不说什么,她知道大姐二姐都在乡里,我自然有她们料理。只嘱咐了四叔不准大哥到乡下溪里去洗澡,因大哥前几天回来略晚,妈摸他小辫子还湿漉漉的,知他必是同几个同学到大河里洗过澡了,还刚重重地打了他一顿呢。四叔是一个长子,人又不大肥,但很精壮。妈常说这是会走路的人。铜仁到我凤凰是一百二里蛮路,他能扛六十斤担子一早动身,不抹黑就到了,这怎么不算狠!他到了家时,便忙自去厨房烧水洗脚。那夜我们吃的夜饭菜是南瓜炒牛肉。

妈为捡菜劝他时,他又选出无辣子的牛肉放到我碗里。真是好四叔呵!

那时人真小,我同大哥还是各人坐在一只箩筐里为四叔担去的!大哥虽是大我五六岁,但在四叔肩上似乎并不怎么不匀称。

---

① 衖:同"巷"。

乡下隔城有四十多里,妈怕太阳把我们晒出病来,所以我们天刚一发白时就动身,到行有一半的唐峒山时,太阳还才红红的。到了山顶,四叔把我们抱出来各人放了一泡尿,我们便都坐在一株大刺栎树下歇憩。那树的杈丫上搁了无数小石头,树左边又有一个石头堆成的小屋子。四叔为我们解说小屋子是山神土地,为赶山打野猪的人设的;树上石头是寄倦的:凡是走长路的人,只要放一个石头到树上,便不倦了。但大哥问他为什么不也放一个石子时,他却不作声。

他那条辫子细而长正同他身子一样。本来是绾放头上后而再加上草帽的,不知是那辫子长了呢还是他太随意,总是动不动又掉下来,当我是在他背后那头时,辫子尖端便时时在我头上晃。

"芸儿,莫闹!扯着我不好走!"

我伸出手扯着他辫子只是捵①,他总是和和气气这样说。

"四满②,到了?"大哥很着急地这么问。

"快了,快了,快了!芸弟都不急,你怎么这样慌?你看我跑!"他略略把脚步放快一点儿,大哥便又嚷摇的头痛了。

他一路笑大哥不济。

到时,爹正同姨婆、五叔、四婶他们在院中土坪上各坐在一条小凳上说话。

---

① 捵:用力拉扯。
② 满:乡人呼叔叔为满满。

姨婆有两年不见我了，抱了我亲了又亲。爹又问我们饿了不曾，其实我们到路上吃甜酒米豆腐已吃胀了。上灯时，方见大姐、二姐、大姑、满姑①各人手上提了一捆的萝卜进来。

我夜里便同大姐等到姨婆房里睡。

乡里有趣多了！既不怎么很热，夜里蚊子也很少。大姐到久一点儿，似乎各样事情都熟习。第二天一早便引我去羊栏边看睡着比猫还小的白羊，牛栏里正歪起颈项在吃奶的牛儿。我们又到竹园中去看竹子。那时觉得竹子实在是一种很奇怪的东西。本来城里竹子，通常大到屠桌边卖肉做钱筒的已算出奇了！但后园里那些南竹，大姐教我去试抱一下时，两手竟不能相掺。满姑又偷偷地到园坎上摘了十多个桃子。接着我们便跑到大门外溪沟边上拾得一衣兜花蚌壳。

事事都感到新奇：譬如五叔喂的那十多只白鸭子，它们会一翅从塘坎上飞过溪沟。夜里四叔他们到溪里去照鱼时，却不用什么网，单拿个火把，拿把镰刀。姨婆喂有七八只野鸡，能飞上屋，也能上树，却不飞去；并且，只要你拿一捧苞谷米在手，口中略略一逗，它们便争先恐后地到你身边来了。什么事情都有味：我们白天便跑到附近村子里去玩，晚上总是同坐在院中听姨婆讲打野猪打獾子的故事。姨婆真好，我们上床时，她还每每从大油坛

---

① 满姑：最小的姑母。

里取出炒米、栗子，同脆酥酥的豆子给我们吃！

后园坎上那桃子已透熟了，满姑一天总为我们去偷几次。爹又不大出来，四叔五叔又从不说话，间或碰到姨婆见了时，也不过笑笑地说：

"小娥，你又忘记嚷肚子痛了！真不听讲——芸儿，莫听你满姑的话，吃多了要坏肚子！拿把我，不然晚上又吃不得鸡膊腿了！"

乡里去有场集的地方似乎并不很近，而小小村中除每五天逢一六赶场外通常都无肉卖。因此，我们几乎天天吃鸡，唯我一人年小，鸡的大腿便时时归我。

我们最爱看又怕看的是溪南头那坝上小碾坊的磨石同自动的水车：碾坊是五叔在料理。那圆圆的磨石，固定在一株木桩上只是转只是转，五叔像个卖灰的人，满身是糠皮，只是在旋转不息的磨石间拿扫把扫那跑出碾槽外的谷米，他似乎并不着一点儿忙，磨石走到他眼前时一跳又让过磨石了。我们为他着急又佩服他胆子大。水车也有味，是一些七长八短的竹篱子扎成的。它的用处就是在灌水到比溪身为高的田面。大的有些比屋子还大，小的也还有一床晒簟大小。它们接接连连竖立在大路近旁，为溪沟里急水冲着快快地转动，有些还咿哩咿哩发出怪难听的喊声，由车旁竹筒中运水倒到悬空的枧上去。它的怕人就是筒子里水间或溢出枧①外时，那水便砰地倒到路上了，你稍不措意，衣服便打得透湿。我们远远地立着看行路人抱着头冲过去时那样子好笑。满姑虽只大我四岁，但看惯了，她却敢在下面走来走去。大姐同大姑，则知道那个车子溢出后便是那一个接脚，不消说是不怕水淋了！只我同大哥二姐却无论如何不敢去尝试。

---

① 枧：剜木以引水之物。

夜 渔

这已是谷子上仓的时候了。

年成的丰收，把茂林家中似乎弄得格外热闹了一点儿。在一天夜饭桌上，坐着他四叔两口子，五叔两口子，姨婆，碧霞姑妈同小娥姑妈以及他爹爹；他在姨婆与五婶之间坐着，穿着件紫色纺绸汗衫。中年妇人的姨婆，时时停了她的筷子，为他扇背。茂儿小小的圆背膊已有了两团湿痕。

桌子上有一大钵鸡肉，一碗满是辣子拌着的牛肉，一碗南瓜，一碗酸粉辣子，一小碟酱油辣子；五叔正夹了一只鸡翅膀放到碟子里去。

"茂儿，今夜敢同我去守碾坊吧？"

"去，去，我不怕！我敢！"

他不待爹的许可就忙答应了。

爹刚放下碗，口里含着那支"京八寸"小潮丝烟管，呼地喷了一口烟气,不说什么。那烟气成一个小圈,往上面消失了。

他知道碾子上的床是在碾坊楼上的,在近床边还有一个小小窗口。从窗口边可以见到村子里大院坝中那株夭矫矗立的大松树尖端,又可以见到田家寨那座灰色石碉楼。看牛的小张,原是住在碾坊;会做打笼装套捕捉偷鸡的黄鼠狼,又曾用大茶树为他削成过一个两头尖的线子陀螺。他刚才又听到五叔说溪沟里有人放堰,碾坝上夜夜有鱼上罶①了……所以提到碾坊时,茂儿便非常高兴。

当五叔同他说到去守碾坊时,他身子似乎早已在那飞转的磨石边站着了。

"五叔,那要什么时候才去呢?……我不要这个。……吃了饭就去吧?"

他靠着桌边站着,低着头,一面把两只黑色筷子在那画有四个囍字的小红花碗里"要扬不紧"②地扒饭进口里去。左手边中年妇人的姨婆,捡了一个鸡肚子朝到他碗里一掼。

"茂儿,这个好呢。"

"我不要。那是碧霞姑妈洗的,……不干净,还有——糠皮儿……"他说到糠字时,看了他爹一眼。

---

① 罶:音 liǔ,捕鱼的竹篓子。
② 要扬不紧:慢吞吞的。

"你也是吃饱了!糠皮儿在哪里?不要,就送把我吧。"

"真的,不要就送把你姑妈。我帮你泡汤吃。"五婶说。

茂儿把鸡肚子一扔丢到碧霞碗里去。他五婶却从他手里抢过碗去倒了大半碗鸡汤,但到后依然还是他姨婆为他把剩下的半碗饭吃完。

天上的彩霞,做出各样惊人的变化:倏而满天通黄,像一块奇大无比的金黄锦缎;倏而又变成淡淡的银红色,稀薄到像一层蒙新娘子粉靥的面纱;倏而又成了许多碎锦似的杂色小片,随着淡宕的微风向天尽头跑去。

他们照往日样,各据着一条矮板凳,坐在院坝中说笑。

茂儿搬过自己那张小小竹椅子,紧紧地傍着五叔身边坐下。

"茂儿,来!让我帮你摩一下肚子,不然,半夜会又要嚷着肚子痛。"

"不,我不胀!姨婆。"

"你看你那样子。……不好好推一下,会伤食。"

"不得。(他又轻轻地挨五叔)五叔,我们去吧!不然夜了。"

"小孩子怎不听话?"

姨婆那副和气样子养成了他顽皮娇恣的性习,让姨婆如何说法,他总不愿离开五叔身边。到后还是五叔用"你不听婆话就不同你往碾坊……"为条件,他才忙跑到姨婆身边去。

"您要快一点儿！"

"噢！这才是乖崽！"姨婆看着茂儿胀得圆圆的像一面小鼓的肚子，用大指蘸着唾沫，在他肚皮上一推一赶。口里轻轻哼着："推食赶食……你自己瞧看，肚子胀到什么样子了，还说不要紧！……今夜吃太多了。推食赶食……莫挣！慌什么，再推几下就好了。……推食赶食……"

"姨婆，算了吧！你那手指甲刮得人家肚皮痒痒的，怪难受。"她又把那左手留有一寸多长的灰色指甲翘起，他可不好再说话了。

院坝中坐着的人面目渐渐模糊，天空由曙光般淡白而进于黑暗……只日影没处剩下一撮深紫了。一切皆渐次消失在夜的帷幕下。

在四围如雨的虫声中，谈话的声音已抑下了许多了。

凉气逼人，微飕拂面，这足以证明残暑已退，秋已将来到人间了。茂儿同他五叔，慢慢地在一带长蛇般黄土田塍上走着。在那远山脚边，黄昏的紫雾弥漫着，似乎雾的本身在流动又似乎将一切流动。天空的月还很小，敌不过它身前后左右的大星星光明。田塍两旁已割尽了禾苗的稻田里，还留着短短的白色根株。田中打禾后剩下的稻草，堆成大垛大垛，如同一间一间小屋。身前后左右一片繁密而细碎的虫声，如一队音乐师奏着庄严凄清的秋夜之曲。金铃子的"叮——"像小铜钲般清越，尤其使人沉醉。经行处，间或还闻到路旁草间小生物的窸窣。

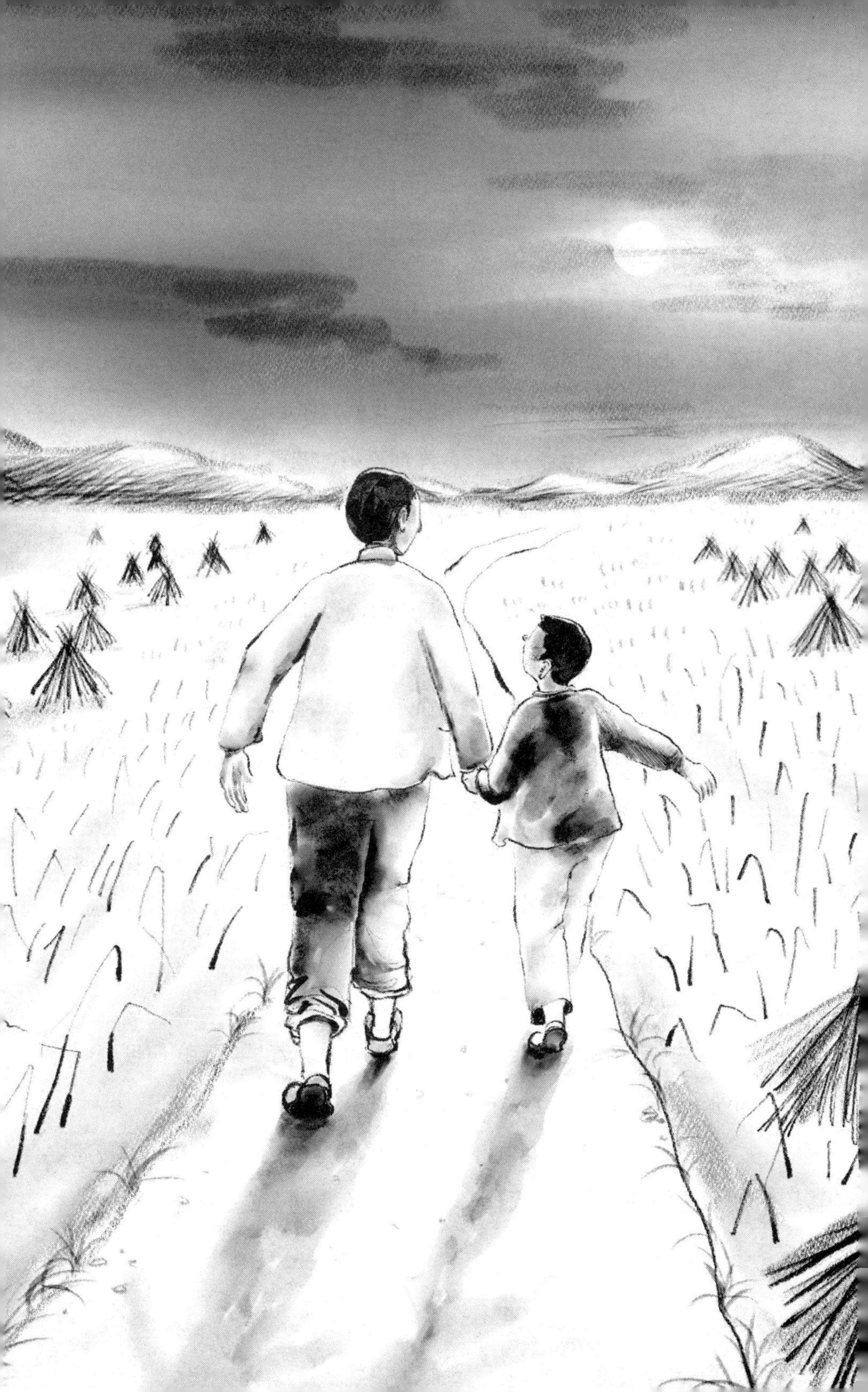

"五叔，路上莫有蛇吧？"

"怕什么。我可以为你捉一条来玩，它是不会咬人的。"

"那我又听说乌艄公同烙铁头（皆蛇名）一咬人便准毒死。这个小张以前曾同我说过。"

"这大路哪来乌艄公？你怕，我就背你走吧。"

他又伏在他五叔背上了，然而夜枭的喊声，时时像一个人在他背后咳嗽，依然使他不安。

"五叔，我来拿麻藁。你一只手背我，一只手又要打火把，似乎不大方便。"他想若是拿着火把，则可高高举着，照烛一切。

"你莫拿，快要到了！"

耳朵中已听到碾坊附近那个小水车咿咿呀呀地喊叫了。碾坊那一点儿小小红色灯火，已在眼前闪烁，不过，那灯光，还只是天边当头一颗小星星那么大小罢了！

转过了一个山嘴，溪水上流一里多路的溪岸通通发现在眼前了。足以令他惊呼喝嚷的是沿溪有无数萤火般似的小火星在闪动。隐约中更闻有人相互呼唤的声音。

"咦！五叔，这是怎么？"

"嗨！今夜他们又放鱼！我还不知道。若早点，我们可以叫小张把网去整一下，也好去打点鱼做早饭菜。"

……假使能够同到他们一起去溪里打鱼，左手高高地举着通明的葵藁或旧缆子的火把，右手拿一面小网，或一把镰刀，或一个大篾鸡笼,腰下悬着一个鱼篓,裤脚扎得高高到大腿上头,在浅浅齐膝令人舒适的清流中,溯着溪来回走着,溅起水点到别个人头脸上时——或是遇到一尾大鲫鱼从手下逃脱时,那种"怎么的!……你为什么那么冒失慌张呢?""老大!得了,得了!……""啊呀,我的天!这么大!""要你莫慌,你偏偏不听话,看到进了网又让它跑脱了……"带有吃惊,高兴,怨同伴不经心的嚷声,真是多么热闹(多么有趣)的玩意儿事啊!……

茂儿想到这里,心已略略有点儿动了。

"那我们这时要小张转家去取网不行吗?"

"算了!网是在楼上,很难取,并且有好几处要补才行。"五叔说,"左右他们上头一放堰坝时,罾上也会有鱼的。我们就守着罾吧。"

关于照鱼的事,五叔似乎并不以为有什么趣味,这很令不知事的茂儿觉得稀奇。

……

到北海去

铃子叮叮当当摇着，一切低起头在书桌边办公的同事们，思想都为这铃子摇到午饭的馒头上去了。我呢，没有馒头，也没有什么足以使我神往的食物。馆子里有的是味道好的东西，可是却不是为我预备的。大胆地进去吧。进去不算一回事，不用壮胆也可以，不过进去以后又怎么出来呢？借到解一个手，或是说"伙计伙计，为我再来一碟辣子肉丁，赶快赶快！让我去买几个苹果来下下酒"，于是，一溜出来，扯脚忙走，只要以后莫再从这条路过去。但是，到你口上说着"买几个苹果"想开溜时，那伶精不过的伙计，看破了你的计划，不声不响地跟了出来，在他那一双鬼眼睛下，又怎么个跑得了呢？还是莫冒险吧。

于是，恍恍惚惚出了办公室，出了衙门，跳上那辆先已雇好在门外等候着的洋车。这在他的的确确都是梦一般模糊！衙门是今天才上。他觉得今天的衙门同昨天的衙门似乎是两个，纵门前冲天匾分明一样挂着。昨天引见他给厅长那个传达先生，对他脸不烂了；昨天在窗子下吃吃冷笑的那几个公丁先生，今天当他第一次伏上办公室书桌时，却带有和善可亲的意思来给他恭恭敬敬递一杯热茶……

似乎都不同了，似乎都立时对他和气起来，而这和气面孔，他昨天搜寻了半天也搜寻不到一个。

使他敢于肯定昨天到的那个地方就是今天这地方的，只有桌上用黄铜圆图钉钉起四角，服服贴贴趴到桌面上那方水红色吸水纸。昨天这纸是这么带有些墨水痕迹，趴到桌上，意思如在说话，小东西，你来了！好好，欢迎欢迎。这里事不多，咱们谈天相亲的日子多着呢，……今天仍然一样，红起脸来表示欢迎诚意。不过当他伏在它身上去察视时，吸墨纸上却多了三小点墨痕，不知谁个于昨天出门时在那上面喂了这些墨给它。哈哈！朋友，你怎么也不是昨天那么干净？呵呵，小东西，我职务是这样，虽然不高兴，但没有法，况且，这些恶人又把我四肢钉在桌上，使我转动不得。他们喂我墨吃，有什么法子拒绝？小东西，这是命！命里只合吃墨，所以在你见我以后又被人喂了一些墨了！难道这些已经发酸了的墨我高兴吃它，但无法的事。像你，当你上司刚才进房来时一样，自然而然，用他的地位把你们贴在板凳上的屁股悬起来，你们是勉强，不勉强也不行。我如你一样，无可如何。

吸墨纸同他接谈太久，因此这第一日上衙门，他竟找不出时间来同这办公厅中同事们周旋。

　　车子同他,为那中年车夫拖拉着,颠簸在后门一带不平顺的石子路上。

　　这时的北京城全个儿都在烈日下了。走路的人,全都像打摆子似的心里难受。警察先生,本为太阳逼到木笼子里去躲避,但太阳还不相容,接着又赶进去。他们显然是藏无可藏了,才又硬着头皮出来,把腰边悬挂在皮带上那把指挥刀敲着电车道钢轨,口中胡乱吆喝着。他常常以为自己是世界上再无聊没有的人,如今见了这位警察先生,才知道这人比自己还更无聊。

　　"忙怎的?慢慢儿也还赶得到——你有什么要紧事,所以想赶快拉倒吧?"他觉得车夫为了得两吊钱便如此拼命地跑,太不合理。

　　"先生,多把我两个子儿,我跑快点。"

　　车夫显然错会了意思,以为坐车嫌他太慢了,提出条件来。

　　因这错误引起了他的憎恶来。"唉,你为两个子儿也能累得喘气,那么二十个子简直可以换你一斤肉一碗血了!……"但他口上却说:慢点也不要紧,左右是消磨,洋车上,北海,公寓,同时消磨这下半天的时光。

　　"先生去北海,有船可坐,辅币一毛。"大概车夫已听到座上的话了,从喘气中抽出空闲来说。

　　车夫脾气也许是一样的吧,尤其是北京的,他们天生都爱谈

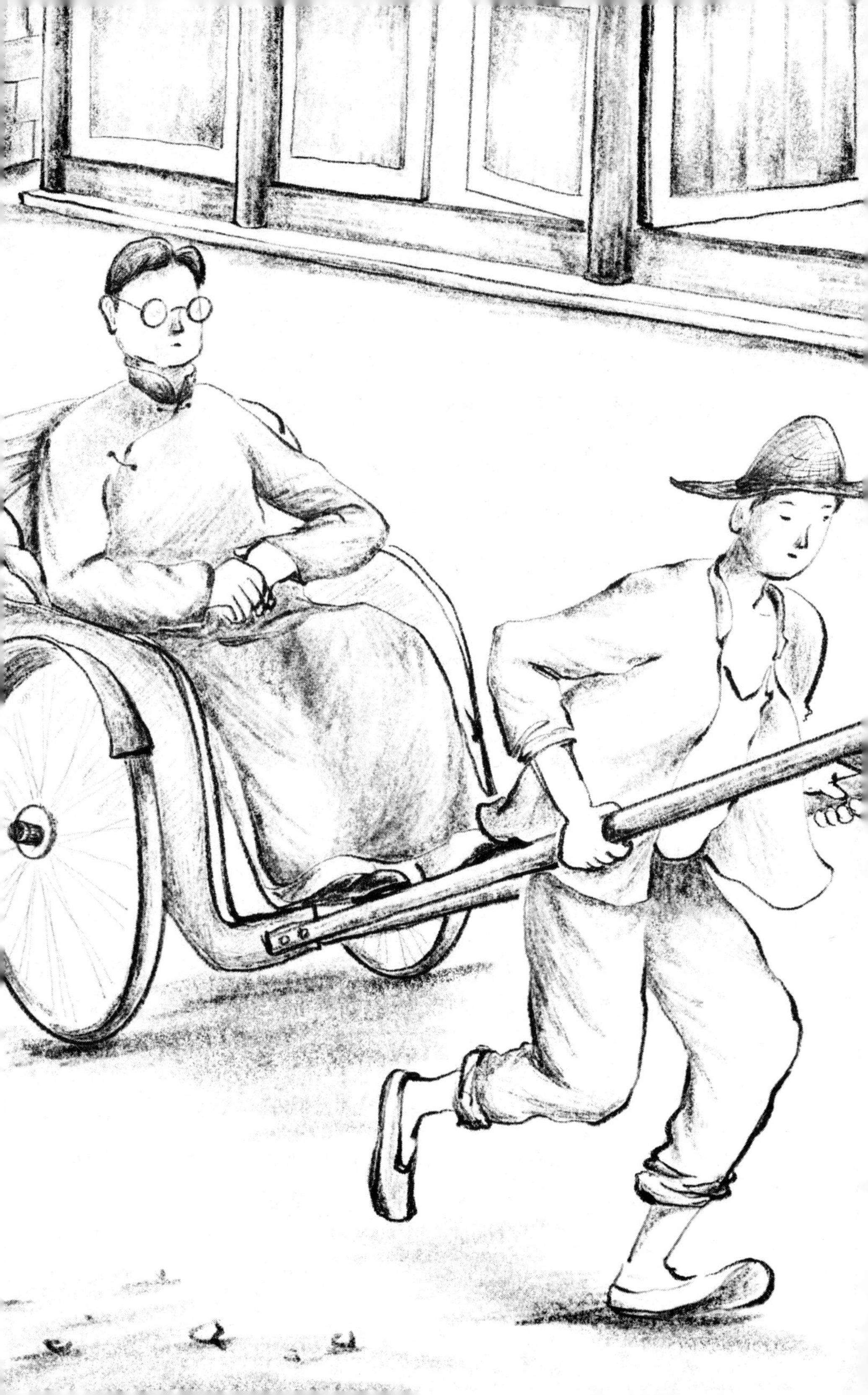

话,都会谈话。间或他们谈话的中肯处,竟能使你在车座上跳起来。我碰到的车夫,有几个若是他那时正穿起常礼服,高距讲台之一面肆其雄谈时,我竟将无条件的承认他是一个什么能言会说的代议士了。我见过许多口上只会那么结结巴巴的学者,我听过论救国谓须懂五行水火相生,明脉经,忌谈革命的学者。今日的中国,学者过多,也许是积弱的一种重要原因吧!

"有船吧,一毛钱不贵——你坐过船不曾?"

"不,不,我们哪有力量进去呢?哈哈,一毛,二十二枚,从交道口拉沙滩儿大楼还只有十八枚,好家伙,一毛钱过一次渡!"

"那你生长北京连船也不曾见过了?"

"不,不,我上年子还亲自坐过洋船的,到天津,送我老爷到天津。是我为他拉包月车时候。他姓宋,是司法部参事。"他仍然从喘气中匀出一口气来说话。过去的生活,使他回忆亦觉快适,说到天津时,他的兴致显得很想笑一阵的神气。"咦!那洋船又不大!有像新世界那么高的楼三层,好家伙!三层,四层——不,先生,究竟是三层还是四层,这时我记不起了。……那个锚,在船头上那铁锚,黑漆漆的,怕不有五六千斤吧,好家伙!"

他,不能肯定所见的洋船有几层,恐怕车坐对他所说不相信,故又引出一个黑漆漆的大铁锚来证明,然而这铁锚的斤两究难估计,故终于不再作声,又自个默默地奔他的路。

"这不一定。大概三层四层以至于五六层都有。小的还只有一层；再小的便像普通白屋子一样，没有楼。你北京地方房子，不是很少有楼的吗？"

这话又勾动了健谈的话匣子，少不得又要匀出一口气来应付了。

"对啦！天津日本租界过去那小河中——我是在那铁桥上见到的——一排排泊着些小舫子，据说那叫洋舫子。小到同汽车不差什么，走动时也很快，只听见咯咯咯和汽车号筒一样，尾子上出烟，烟拖在水面上成一条线……那贵吧，比汽车，先生？"

"不知道。"

"外国人真狠，咱们中国人造机器总赶不上别人，……他们造机器运到中国来赚咱们的钱，所以他们才富强……"

话只要你我爱听，同车夫扯谈，不怕是三日三夜，想他完也是不会完的！但是，这时有件东西要塞住他的口了。他因加劲跑过一辆粪车刚撒过娇的路段，于是单用口去喘气。他开始去注意马路上擦身而过的一切。

女人，女人，女人，一出来就遇到这些敌人，一举目就见到这些鬼物，花绸的遮阳把他的眼睛牵引到这边那边，而且似乎每一个少年女人擦身过去时，都能同时把他心带去一小片儿。"呵呵，这成什么事？我太无聊了！我病太深了！我灵魂当真非找人医治一下不可！我要医治的是灵魂，是像水玻璃般脆薄东西，是像破了的肥皂泡,我的医生到什么地方去找?呵呵,医生哟!病入膏肓的我,不应再提到医治了!……"手帕子又掩着他的眼睛了,有一种青春追捉不到的失望悲哀扼着了他的心。

这是一条新来代替咋天为鼻血染污了的丝质手巾,有蓝的缘边与小空花,这手巾从他的朋友手中取来时,朋友的祝告是:瘦身小弟用这手巾,满满的装一包欢喜还我吧。当时以为大孩子虽然是大孩子,但明天到他家时为买二十个大苹果送他,大概苹果中就含有欢喜的意义了。明天就是这样空着还他吧,告他欢喜已有许多沾在这巾上。

腊八粥

初学喊爸爸的小孩子，会出门叫洋车了的大孩子，嘴巴上长了许多白胡子的老孩子，提到腊八粥，谁不是嘴里就立时生出一种甜甜的腻腻的感觉呢。把小米、饭豆、枣、栗、白糖、花生仁儿，合拢来，糊糊涂涂煮成一锅，让它在锅中叹气似的沸腾着，单看它那叹气样儿，闻闻那种香味，就够咽三口以上的唾沫了，何况是，大碗大碗地装着，大匙大匙朝嘴里塞灌呢！

住方家大院的八儿，今天喜得快要发疯了。他一个人进进出出灶房，看到一大锅粥正在叹气，碗盏都已预备得整齐，摆到灶边好久了，但妈妈总是说时候还早。

他妈妈正拿起一把锅铲在粥里搅和。锅里的粥也像是益发浓稠了。

"妈，妈，要到什么时候才……"

"要到夜里！"其实他妈妈所说的夜里，并不是上灯以后。

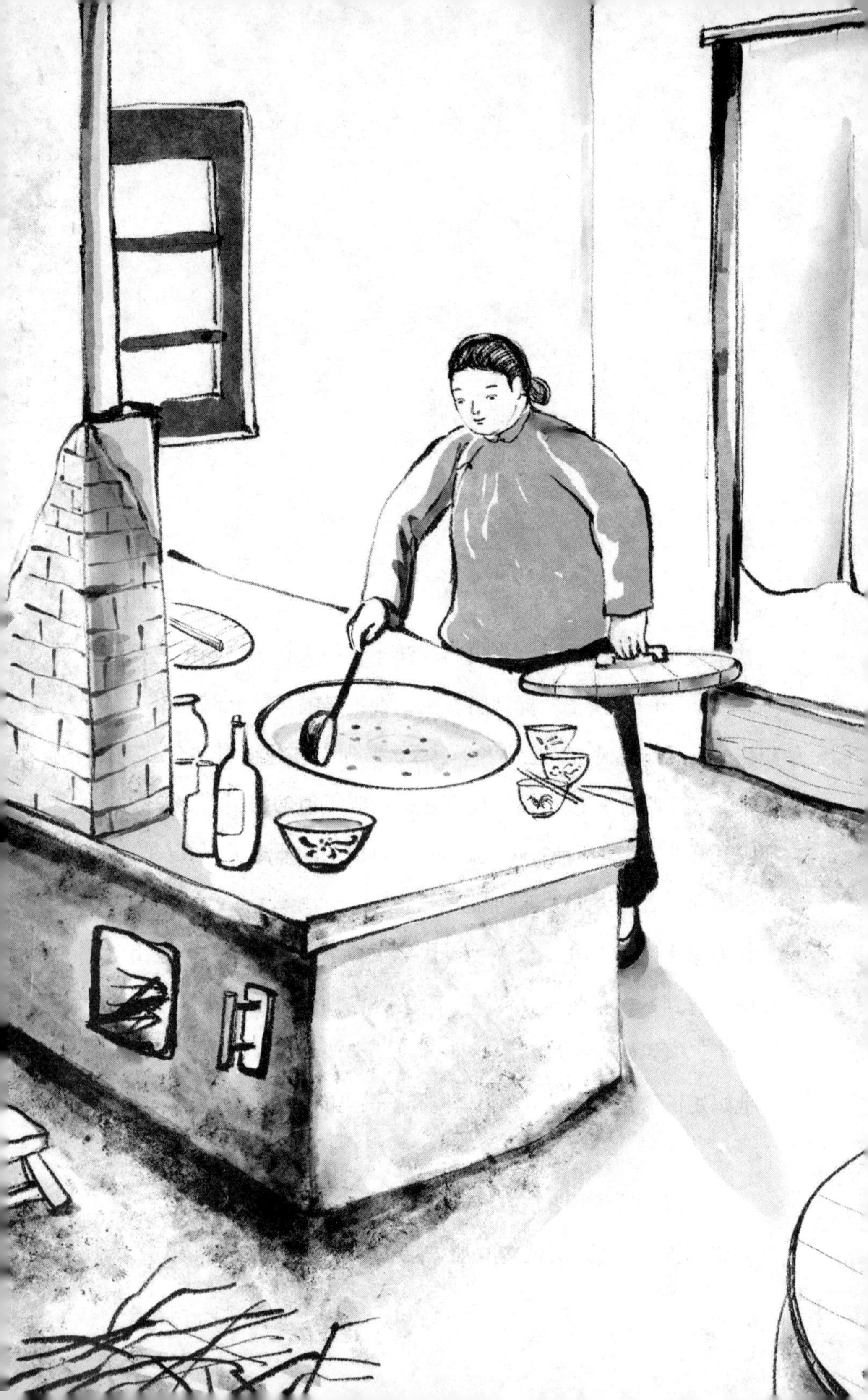

但八儿听了这种松劲的话,眼睛可急红了。锅中的粥,有声无力的叹气还在继续。

"那我饿了!"八儿要哭的样子。

"饿了,也得到太阳落下时才准吃。"

饿了,也得到太阳落下时才准吃。你们想,妈妈的命令,看羊还不够资格的八儿,难道还能设什么法来反抗吗?并且八儿所说的饿,也不可靠,不过因为一进灶房,就听到那锅子中叹气又像是正在嘟囔的声音,因好奇而急于想尝尝这奇怪的东西罢了。

"妈,妈,等一下我要吃三碗!我们只准大哥吃一碗。大哥同爹都吃不得甜的,我们俩光吃甜的也行……妈,妈,你吃三碗我也吃三碗,大哥同爹只准各吃一碗,一共八碗,是吗?"

"是啊!孥孥说得对。"

"要不然我吃三碗半,你就吃两碗半……"

"噗——"锅内又叹了声气。八儿回过头来了。比灶矮了许多的八儿,回过头来的结果,也不过是看到一股淡淡烟气往上一冲而已!

锅中的一切,对八儿来说,只能猜想:栗子已稀烂到认不清楚了吧,饭豆会煮得浑身肿胀了吧,花生仁吃来总该是的了!枣子必大了三四倍——要是真的干红枣也有那么大,那就妙极了!糖若放多了,它会起锅巴……"妈,妈,你抱我起来看看吧!"于是妈妈就如八儿所求的把他抱了起来。

"呃——"他惊异得喊起来了,锅中的一切已进了他的眼中。

这不能不说是奇怪呀,栗子跌进锅里,不久就得粉碎,那是他知道的,他曾见过跌进到黄焖鸡锅子里的一群栗子,不久就融掉了。饭豆煮水肿胀,那也是往常熬粥时常见的事。花生仁脱了它的红外套,这是不消说的事。锅巴,正是围了锅边成一圈。总之,一切都成了如他所猜的样子了,但他却不想到今日粥的颜色是深褐。

"怎么,黑的!"八儿同时想起了染缸里的脏水。

"枣子同赤豆搁多了。"妈妈解释的结果,是拣了一枚大得特别的赤枣给了八儿。

虽说是枣子同饭豆搁得多了一点儿,但大家都承认味道是比普通的粥要好吃得多了。

晚饭桌边,靠着妈妈斜立着的八儿,肚子已成了一面小鼓了。他身边桌上那两支筷子,很浪漫地摆成一个十字。桌上那大青花碗中的半碗陈腊肉,八儿的爹同妈也都奈何它不来了。

"妈,妈,你喊哈叭出去了吧!讨厌死了,尽到别人脚下钻!"

若不是八儿脚下弃得腊肉皮骨格外多,哈叭也不会单同他来那么亲热吧。

"哈叭,我八儿要你出去,快滚吧……"接着是一块大骨头掷到地上,哈叭总算知事,衔着骨头到外面啃嚼去了。

"再不知趣,就赏它几脚!"八儿的爹,看那只哈叭摇着尾巴很规矩地出去后,对着八儿笑笑地说。

其实,"赏它几脚"的话,倘若真要八儿来执行,还不是空的吗?凭你八儿再用力重踢它几脚;让你八儿狠狠地用出吃奶力气,顽皮的哈叭,它不还是依然伏在桌下嚼它所愿嚼的东西吗?

因为"赏它几脚"的话,又使八儿的妈记起了许多他爹平素袒护狗的事。

"赏它几脚,你看到它欺负八儿,哪一次又舍得踢它?八宝精似的,养得它恣刺得怪不逗人欢喜,一吃饭就来桌子下头钻;赶出去还得丢一块骨头,其实都是你惯死了它!"这显然是对八儿的爹有点儿揶揄了。

"真的,妈,它还抢过我的鸭子脑壳呢。"其实这也只能怪八儿那一次自己手松,然而八儿偏把这话来帮助他妈说哈叭的坏话。

"那我明天就把哈叭带到场上去,不再让它同你玩。"果真八儿的爹宣言是真,那以后八儿就未免寂寞了。

然而八儿知道爹是不会把狗带到场上去的,故略不气馁。

"让他带去,我宝宝一个人不会玩,难道必定要一个狗来陪吗?"以下的话风又转到了爹的身上,"牵了去也免得天天同八儿争东西吃!"

"你只恨哈叭,哈叭哪里及得到梁家的小黄呢?"

"要是小黄在我家里,我早就喊人来打死卖到汤锅铺子去了。"八儿的妈说来脸已红红的！

小黄是怎么一个样子，乃值得八儿的爹提出来同哈叭相较呢？那是上隔壁梁家一只守门狗，有得是见人就咬的一张狠口。梁家因了这只狗，几多熟人都不敢上门了。但八儿的妈，时常过梁家时，那狗却像很客气似的，低低吠两声就走了开去。八儿的妈，以为这已是互相认识的一种表示了，所以总不大如别人样对这狗防备。上月子，为八儿做满八岁的周年，八儿的妈上梁家去借碓舂粑粑，进门后，小黄突变了往日态度，毫不认账似的，扑拢来大腿腱子肉上咬了一口就走了。这也只能怪她自己头上顶了那个平素小黄不曾见她顶过的竹簸。落后是梁四屋里人为敷上了止血药，又为把米粉舂好了事。转身时，八儿的妈就一一为他爹说了，还说那畜生连天天见面的人也认不清，真的该拿来打死起！因此一来，八儿的爹就找出一句为自己心爱这只哈叭护短的话了。

譬如是哈叭顽皮到使八儿的妈发气时，八儿的爹就把"比梁家小黄就不如了！""那你喜欢小黄吧？""我这哈叭可惜不会咬人！"一类足以证明这只哈叭虽顽皮实天真驯善的话来解围，自然这一类解围的话中，还挟着了些须逗自己奶奶开心的意味。

本来那一次小黄给她的惊吓比痛苦还多，请想，两只手正扶着一个大簸簸，而那畜生三不知扑拢来就在你腱子肉上啃一下，怎不使人气愤？要是八儿家哈叭竟顽皮到同小黄一样，恐怕八儿的爹，不再要奶奶提议，也早做成打狗的杨大爷一笔生意了。

八儿不着意地把头转到门帘子脚边去，两个白花耳朵同一双大眼睛又在门帘下脚宣开处出现了。哈叭像是心里怯怯的，只把一个头伸进房来看里面的风色，又像不好意思似的（尾巴也在摇摆）。

"混账……"很懂事样子经过八儿一声吆喝，哈叭那个大头就不见了。

然而八儿知道哈叭这时还在门帘外边徘徊。

福 生

哈，看看背书轮到最小的福生来了，大家都高兴。

虽说师母已在灶房烧了夜火，然而太阳还刚转黄色，爬到院中那木屏风头上不动，这可证明无论如何，放学后，还有两个时辰以上足供傩傩他们玩耍。

"呀，呀，呀，呀，昔——昔——"

"昔孟——"

"昔孟——呀，呀，呀，呀，昔孟——呀，呀，……"

"昔孟母！"先生拈了一下福生耳朵，生着照例对于这几个不能背书的孩子应有的那种气。

求放学的心思，先生当然不及学生那么来得诚恳而热烈，然而他自己似乎也有一点儿发急，因背夜书还不到第二个时，师母就已进来问先生讨过烧夜火的纸煤子了。

"昔孟母，择——呀，呀，呀，择，择邻……"

"择邻处!"这声音是这样的严重;一个两个正预备夹着书包离开这牢狱的小孩,给那最后一个"处"字,都长得屁股重贴上板凳。

大家怔怔地望着先生那只手——是第四个指头与小手指都长有两寸多长灰指甲的左手。这时的手已与福生的耳朵相接触了,福生的头便自然而然歪起来。他腿弯子也在筛颤,可是却无一个人去注意。

"蠢东西!怎么?这大半天念四句书也念不去呢?"先生上牙齿又咬着下口唇了,大家都明了先生是气愤。至于先生究竟为什么而气愤?孩子们都还小,似乎谁也不能知道。也许这是先生对于学生太热心了的缘故吧!不然为什么先生的气总像放在喉管边一样,一遇学生咿唔了三次以上脸就绯红!

"你看人家云云,比你大过好远?一天就读那么多书。你呢,连这样四句好念的书,读了半天,一句整的也记不到。同人吵嘴……哼!都为我规矩坐到!就慌到散学了吧?……同人吵嘴就算得头一个,只听见一个人整天吱吱喳喳,声气同山麻雀似的伶脆;读书又这样不行。"福生耳朵内所听到的只是嗡嗡隆隆,但从先生音调顿挫中知道是在教训自己。

先生的手,是依然恢复原状,在他嘴巴边上那五七根黄须上抹着了。歪过头来许久的福生,脸已涨得绯红,若先生当真忘了手的疲倦,再这样的拈着继续下去,则福生左眼的眼泪会流到右眼——连同右眼所酿汇的又一同流到右颊上去,这是不用说的事。先生手虽暂时脱离了福生耳朵,然而生书一句背诵不得的福生,难道处罚就是这么轻快容易(拈一阵)就算了?哪有这种松活事?若果光拈一阵耳朵完事,那么,我们都不消念书,让先生各拈一阵耳朵就得了!根据过去的经验,福生在受处罚之先,依然就把眼里所有的热泪吓得一齐跑出眶外来。此外七八个书包业已整理好了的学生,各注意到福生刚被拈着的那只大耳朵,紫紫红红,觉得好笑。但经先生森然的目光一瞥,目光过处都像有冰一般冷的东西洒过,大家脸上聚集着的笑纹也早又吓得不知去向了。大家都怔怔地没有作声。

大家既怔怔地没有作声,相互地各看了近座同学一眼后,便又不约而同地把视线集到先生正在脸上抓动的那两个有趣长指甲。这指甲之价值,从先生那种小心保护中已可知道,然而当日有听到先生讲这指甲的德行的,便又知道除美丽,把人弄得斯斯文文以外,还可刮末治百毒,比洋参高丽参还可贵。

"今天不准回家吃饭!"

大家心里原来都正是为这件事情悬住了。自从这死刑由先生严重有威还挟了点余怒的口中说出后,各人都似乎这一件东西忽然便落到心上。但是,大家接着便又起了第二个疑虑:觉得先生不准吃饭的意思,是把福生单独留到这里,还是像从前罚桂林一样,要他跪在孔夫子面前把书念熟——而大家各都坐在位上陪等,到背了后再一齐放学？这在先生第二道命令没有宣布以前，还是无法知道消息的好坏。

若果不幸先生第一道命令的含义与处置的方法是根据桂林那次办去，这影响于另外这几个人玩耍的兴致就多得说不出口——因此，大家在这刹那中又都有点儿恨尽自"昔昔昔昔"——连"昔孟母"三字也念不下去的福生。

"宋祥钧！"

云云听到先生叫他的名字，忙把书包夹到胁下窝，走到孔夫子牌子前恭恭敬敬将腰勾了一下——回转身来，向先生又照样勾了一下，出去了。

"周思茂！"先生在云云出去后一阵子又点到第二个名字。

那高高长长的周莽子，在先生"茂"字还未出口时已离了座位——他也照样的勾了两次腰，若不措意，但实在略略带了点骄矜意思，觑了还在方桌边低头站着的福生一眼。

先生是这样一个一个地发放这些小学生回去。他意思是以为若不这么一个一个放出，——让他们一伙儿出去，则在学堂中已有了皮绊①，曾斗过口的学生，会一出大门就寻衅相打动起手来了。如今既可免去他们在街上打架，并且这方法好处又能使学生知道发愤，都想早把书背完则放学也可占第一，兼寓奖励之意。其实

---

① 皮绊：方言，纠纷。

这一党小顽皮孩子，老早预先就约了放学后各在学堂外坐候，一齐往北门外河滩上去玩的；就是打架也是这么约等，先生还不是在梦中吗？

凡是出去的向孔夫子与先生行礼外，都莫不照样用那双小而狡猾的眼睛把那位桌子边竖矗矗站着觫觳不安的福生刷一下。这不待福生抬头也能知道。可怜的福生，从湿润朦胧的斜视里，见到过门限时每一个同学那双脚一起落地运载着身子出去，心里便像这个同学又把他心或身上的某一部分也同时带去了！直到先生声子停顿中吹起水烟袋来，他自己才忽地醒转来认清自己还是整个——也只有这整个身子留到这冷落怕人的书房中。

遵命把那本《三字经》刚又经先生点过一道的"昔孟母，择邻处。子不学，断机杼"四句书杂夹着些咿咿唔唔读着的福生，一个人坐到桌子上，觉得越读下去房子也越宽大起来了。

……周莽子这时又不快活！他必是搂起裤脚筒，在那浅不过膝清幽幽的河水里翻捉螃蟹了！那螃蟹比钱还小，死后就变成红色。……云云会正同傩傩他们在挖沙子滚沙宝，做泥巴炮，或者又是在捡瓦片儿打漂水也说不定。要是洗澡，那就更有趣！"来，来，来，莽子嗳，看我打个氽子吧！"行看兆祥腰一躬就不见了，哈哈！那边水里钻出一个兆祥的头了，你看他扑通扑通又泅了过来。……这样地玩着，不知道谁一个刻薄的忽然闹起玩笑来：喊一声"贵生——(或是莽子！)你屋的妈来找你了"。那么，正在凫着水的贵贵，会大吓一跳，赶忙把整个身子浸进水中去，单露一个面孔到水面上来，免让他妈在岸上发现他。"我贵贵在这里吗？""伯娘，他不在这里，早回家去了。"于是，贵贵的妈，就经别一个孩子的谎语骗去了！而贵贵又高高兴兴地在那里泅来泅去。若是贵贵的妈并没有来呢，这使刻薄的准要受贵贵浇一阵水才了事。……这使刻薄的倘说的是"先生来了！"则行见一个两个都忙把身子浸进水里去，只剩下八九个面孔翻天的如像几个瓜浮在水面上——这必须到后又经另一个证明这是闹玩笑后，大家才恢复原状，一阵狂笑……

"读！读！不熟今天就不准转去！"先生的话像一打炸雷在耳边一响，才把正在迷神于洗澡时那种情景中的福生唤回。这书房里便又有一阵初急促暂迟缓单调无意思的读书声跑出墙去。

这嫩脆而略带了点哭音的读书声，其力量是否还能吸引到每一个打墙外过身时行人的注意？这事无人知道。但我相信，这时正于道门口梆梆梆梆敲着叫卖荞面的柝声，则无论如何总比书声为动听。

当福生两次勾腰向孔夫子与先生行过礼后，抬起头来，木屏风上的太阳早爬到柚子树尖顶上去了。耳朵虽不愿接收先生唠叨的教训，但从灶房方面送来的白菜类落锅爆炸声却很听得清楚。这炒菜声使他记起肚子的空虚，以及吃夜饭时把苋菜汤泡成红饭的愿望来。

大概是因眼眶子红肿的原因吧,过道门口时,平素见狗打架也必流连一阵的福生,明看到许多小孩,正在围着那个头包红帕子,当街乱打斤斗竖蜻蜓的代宝说笑,他竟毅然行过,不愿意把脚步放得稍慢一点儿,听几声从代宝口中哼出会把人笑得要不得的怪调子!栅栏前当路摆着那一盆活黄鳝,在盆内拥拥挤挤,(也正是极有趣的事)他也竟忍心不去多看一眼。

白 日

玲玲的样子,黑头发,黑眉毛,黑眼睛,脸庞红红的,嘴唇也红红的。走路时欢喜跳跃,无事时常把手指头含在口里。年纪还只五岁零七个月,不拘谁问她:

"玲玲,你预备嫁给谁?"

这女孩子总把眼睛睁得很大,装作男子的神气:"我是男子,我不嫁给谁。"

她自己当真以为自己是男子,性格方面有时便显得有点儿顽皮。但熟人中正因为这点原因,特别欢喜惹她逗她,看她做成男子神气回话,成为年长熟人的一种快乐源泉。问第二次,她明白那询问的意思,不做答跑了。但另一时有人问及时,她还是仍然回答,忘记了那询问的人用意所在。

她如一般中产者家庭中孩子一样,生在城市中旧家,性格聪明,却在稍稍缺少较好教育的家庭中长大,过着近于寂寞的日子。

母亲如一般中产阶级旧家妇人一样，每日无事，常常过亲戚家中去打点小牌，消磨长日。玲玲同一个娘姨，一个年已二十左右的姊姊，三个人在家中玩。娘姨有许多事可做，姊姊自己做点针线事务，看看旧书，玲玲就在娘姨身边或姊姊身边玩，玩厌了，随便倒在一个椅子上就睡了。睡醒来总先莫名其妙地哭着，哭一会儿，姊姊问为什么哭？玲玲就想：当真我为什么哭？到后自然就好了，又重新一个人玩起来了。

她如一般小孩一样，玩厌了，欢喜依傍在母亲身边，需要抚摩，慰藉，温存，母亲不常在家，姊姊就代替了母亲的职务。因为姊姊不能如一个母亲那么尽同玲玲揉在一处，或正当玩得忘形时，姊姊忽然不高兴把玲玲打发走开了，因此小小的灵魂里常有寂寞的影子。她玩得不够，所以想象力比一般在热闹家庭中长大的女孩子发达。

母亲今天又到三姨家去了，临行时嘱咐了家中，吃过了晚饭回家，上灯以后不回来时，赵妈拿了灯笼去接。母亲走后，玲玲靠在通花园的小门边，没精打采地望着一院子火灼灼的太阳，一只手插在衣袋里，丁零当啷玩弄着口袋里四个铜板，来回数了许久，又掏出来看看。铜板已为手中汗水弄得湿湿的，热热的。这几个铜板保留了玲玲的一点儿记忆，如果不是这几个铜板，玲玲早已悄悄地走出门，玩到自己也想不起的什么地方去了。

玲玲母亲出门时，在玲玲小手中塞下四枚铜板，一面替玲玲

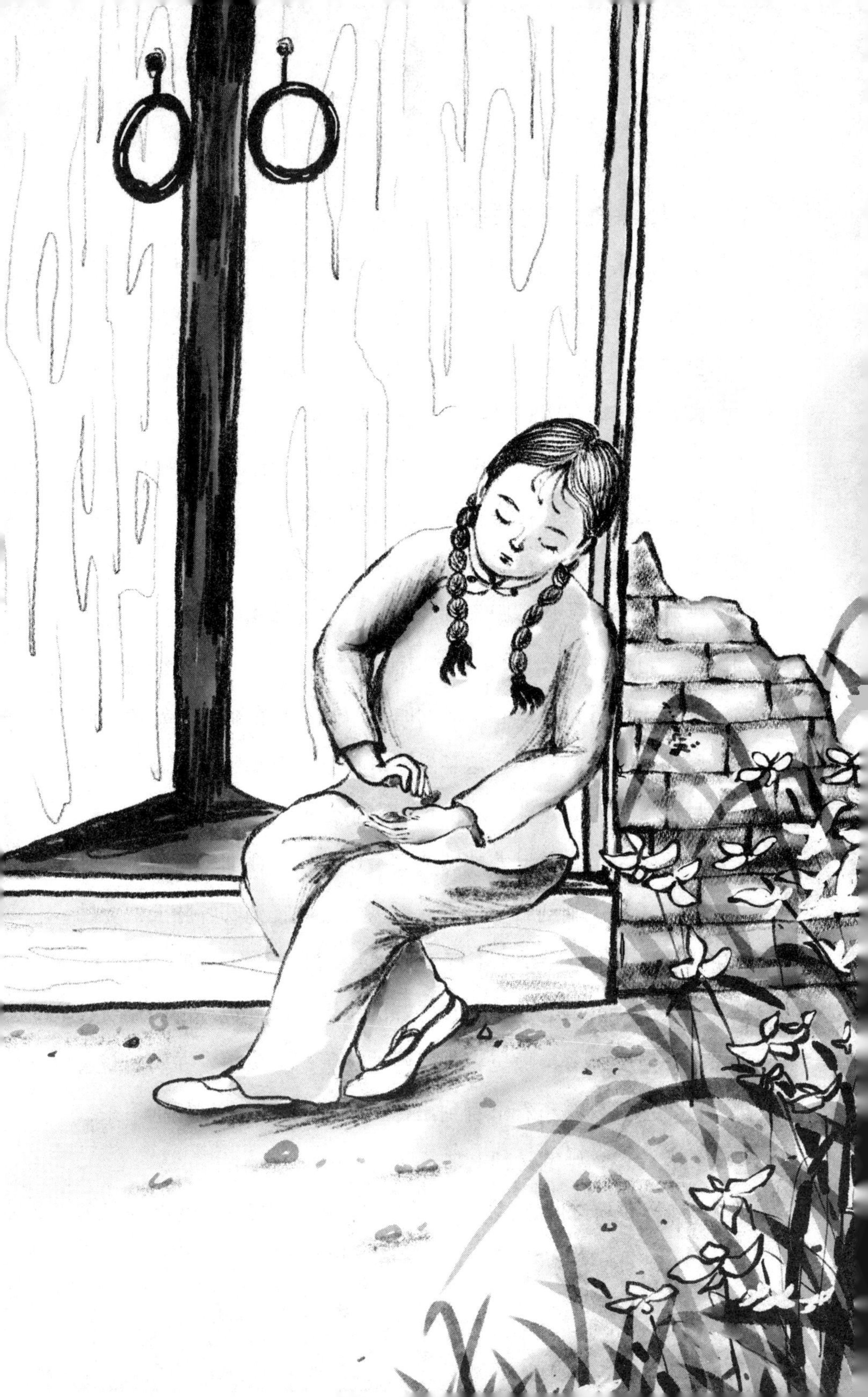

整理衣服,一面回头向姊姊那一边说:

"我回来问姊姊,如果小玲玲在家不顽皮,不胡闹,不哭,回来时带大苹果一个。顽皮呢……没有吃的,铜板还得罚还放到扑满里去,且不久就应当嫁到××做童养媳妇去了。姊姊记着吗?"

姊姊并不记着,只是笑着,玲玲却记着。

母亲走了,姊姊到房中去做事,玲玲因为记着母亲嘱咐姊姊的话,记忆里苹果实在是一种又香又圆又大的古怪东西,玲玲受着诱惑,不能同姊姊离开了。

姊姊上楼后,玲玲跟到姊姊身后上去,姊姊到厨房,她也跟到厨房。同一只小猫一样,跟着走也没有什么出奇,这孩子的手、嘴,甚至于全身,都没有安静的时刻。她不忘记苹果。她知道同姊姊联络,听姊姊吩咐,这苹果才有希望。看到赵妈揉面,姊姊走去帮忙,她就晓得要做大糕了,看到揉面的两只手白得有趣味,一定也要做一个,就揪着姊姊硬要一块面,也在那里揉着。姊姊事情停当了,想躺到藤椅上去看看书,她就爬到姊姊膝上,要姊姊讲说故事。讲了一个,不行,摇摇头,再来一个。两个也不够。整个小小的胖胖的身子,压在姊姊的身上,精神虎虎的,撕着,扯着,搓着,揉着,嘴里一刻不停地哼着,一头短发在姊姊身边揉得乱乱的。姊姊正看书看到出神,闹得太久了,把她抱下来,脚还没有着地,她倒又爬上来了。

姊姊若记着母亲的话,只要:"玲玲,你再闹,晚上苹果就吃不成了。"因此一来玲玲就不会闹了,但姊姊并不记着这件事可以制服玲玲。

姊妹俩都弄得一身汗,还是扭股儿糖似的任你怎么哄也哄不开。

姊姊照例是这样的,玲玲不高兴时欢喜放下正经事来哄玲玲,玲玲太高兴时却只想打发开玲玲,自己来做点正经事。姊姊到后忽然好像生气了,面孔同过去一时生气时玲玲所见的一模一样。姊姊说:

"玲玲,你为什么尽在这里歪缠我,为什么不一个人在花园玩玩呢?"

玲玲听到了这个话,望望姊姊,姊姊还是生气的样子。玲玲一声不响,出了房门,抱了一种冤屈,一步一挨走到花园门边去了。

走到花园门边,一肚子委屈,正想过花园去看看胭脂花结的子黑了没有,就听到侧面谷仓下母鸡生蛋的叫声。母鸡生蛋以后跳出窠时照例得大声大声地叫着,如同赵妈与人相骂一样。玲玲在平常时节,应当跳着跑着走到鸡窠边检查一下,看新出的鸡蛋颜色是黄的白的,间或偷偷用手指触了一下,就跑回到后面厨房去告给用人赵妈。因为照习惯小孩子不许捏发热的鸡蛋,所以当赵妈把鸡蛋取出时,玲玲至多还是只敢把一个手指头去触那鸡蛋一下。姊姊现在不理她。她有点儿不高兴,不愿意跑到后面找赵妈去了。听到鸡叫她想打鸡一石头,心想,你叫吗,我打你!一跑着,

到北海去

口袋中铜板就撞触发出声音。她记起了母亲的嘱咐，想到苹果，想到别的。

……妈妈不在家，玲玲不是应该乖乖的吗？

应该的，应该的，她想她是应该乖乖的。不过在妈面前乖乖的有的是奖赏，在姊姊面前，姊姊可不睬人。她应当仍然去姊姊身边坐下，还是在花园里葵花林里太阳底下来赶鸡捉虫？她没有主意明白应当怎么样。

她不明白姊姊为什么今天生她的气。她以为姊姊生了她的气，受了屈，却不想同谁去说。

一个人站在花园门口看了一会儿，大梧桐树蝉声干干地喊得人耳朵发响。天的底子是蓝分分的，一片白云从树里飞过墙头，为墙头所遮盖尽后，那边又是一片云过来了。她就望到这云出神，以为有人骑了这云玩，玩一个整天，比到地上一定有趣多了。她记起会驾云的几个故事上的神人，睁着一句话不说。

太阳只在脚下，到后来晒过来了，她还不离开门边。

赵妈听到鸡叫了一会儿，出来取鸡蛋时，看到了玲玲站在太阳下出神。

"玲玲，为什么站到太阳下去，晒出油来不是罪过吗？"

玲玲说：

"晒出油来？只有你那么肥才晒得出油来。"

"晒黑了嫁不出去！"

"晒黑了你也管不着。"

赵妈明白这是受了委屈以后的玲玲,不敢撩她,就走到谷仓下去取鸡蛋,把鸡蛋拿进屋去以后,不久就听到姊姊在房里说话。

"玲玲,玲玲,你来看,有个双黄鸡蛋,快来看!"

玲玲轻轻地说:

"玲玲不来看。"

姊姊又说:

"你来,我们摆七巧,学张古董卖妻故事。"

玲玲仍然轻轻地说:

"我不来。"

玲玲今天正似乎自己给自己闹别扭,不知为什么,说不去看,又很想去看看。但因为已经说了不去看,似乎明白姊姊正轻轻地在同赵妈说:"玲玲今天生了气,莫撩她,一撩她就会哭的。"她想,我偏不哭,我偏不哭。

姊姊对玲玲与母亲不同,玲玲小小心灵就能分别得出。平常时节她欢喜妈妈,也欢喜姊姊,觉得两人都是天地间的好人。还有赵妈,却是一个天地间的好人兼恶人。母亲到底是母亲,有凡是做母亲的人特具的软劲儿,肯逗玲玲玩,任她在身上打滚儿胡闹,高兴时紧紧抱着玲玲,不许玲玲透出气来,玲玲在这种野蛮热情中,有一种说不出的快乐。只要母亲不是为正经事缠身,玲玲总能够在母亲的鼓励下,那么放肆地玩,不节制地大笑,锐声地喊叫。在姊姊身边可不同了。姊姊不如母亲的亲热,欢喜说:"玲玲,怎么不好好穿衣服?""玲玲,怎么不讲规矩,做野女人像!"但有时节玲玲做了错事,母亲生气了,骂人了,把脸板起来,到处找寻鸡毛帚子,那么发着脾气要打人时,玲玲或哭着或沉默着,到这时节,姊姊便是唯一的救星。在鸡毛帚子落到玲玲身上以前,姊姊就从母亲手上抢过来,且一面向母亲告饶:"玲玲错了,好了,不要打了。"一面把玲玲拉到自己房中去,那么柔和亲切地用衣角拭擦到小眼睛里流出的屈辱伤心的眼泪,一面说着悦耳动听的道理,虽然仍在抽咽着,哭着,结果总是被姊姊哄好了,把头抬起同姊姊亲了嘴,姊姊在玲玲心目中,便成为世界上第一可爱的人了。分明是受了冤屈,要执拗,要别扭,到这时,玲玲也只有一半气恼一半感激,用另外一意义而流出眼泪,很快地就为姊姊的故事所迷惑,注意到故事上去了。

譬如小病吃药,母亲常常使玲玲哭泣;在哭泣以后,玲玲却愿意受姊姊的劝哄,闭了眼睛把一口极苦的药咽下去。

母亲和姊姊不同处,可以说一个能够在玲玲快乐中而快乐,这是母亲;一个能够在玲玲痛苦中想法使玲玲快乐,这是姊姊。两人的长处玲玲嘴里说不出,心里有一种数目。

玲玲夜间做梦,常梦到恶狗追她,咬到她的衣角,总是姊姊来救援她,醒时却见睡在母亲身上,总十分奇怪。玲玲的心灵是在姊姊的培养下长大的。一听人说姊姊要嫁了,就走到姊姊身边去，悄悄地问："姊姊，你当真要嫁人吗？"姊姊说："玲玲你说胡话我不理你，姊姊为了玲玲是不嫁的。"玲玲相信姊姊这一句话，所以每听到人说姊姊要嫁时，玲玲心里总以为那是谎话。但当她同姊姊生气时，就在心里打量，"姊姊不理我了，姊姊一定要嫁了才不理我的。"

对于赵妈，玲玲以为是家中一个好人，又是一个恶人。玲玲一切犯法的事，照例常常是赵妈告发到母亲面前的，因此挨打挨骂，当时觉得赵妈十分可恨，被母亲责罚以后，玲玲见到赵妈，总不理会赵妈，且模仿一个亲戚男子神气，在赵妈面前斜着眼睛，觑着这恶人，口上轻轻地说："你是什么东西，你是什么东西。"遇到洗澡时，就不要赵妈洗，遇到吃饭时，不要赵妈装饭。可是过一会儿，看到赵妈在那里整理自己的小小红色衣裳，或在小枕头上扣花，或为玲玲做别的事情，玲玲心软了，觉得赵妈好处了。在先一时不拘如何讨厌赵妈，母亲分派东西吃时，玲玲看看赵妈无份，总悄悄地留下一点儿给赵妈，李子、花生、香榛子儿。橘子整个不能全留，也藏下一两瓣。等到后来见到了赵妈，即或心中还有余气，不愿意同赵妈说话，一定把送赵妈的东西，一下抛到赵妈身边衣兜里，就飞跑走去了。过一时，大家在一处，赵妈把这件事去同姊姊或别人说及时，听到姊姊说："玲玲是爱赵妈的。"玲玲就带了害羞的感情，分辩地说："我不爱赵妈。"一定要说到大家承认时才止。

关于"恶人"的感觉,母亲同姊姊有时也免不了被玲玲认为同赵妈一样,尤其是姊姊,欢喜故意闹别扭,不讲道理,惹玲玲哭,玲玲哭时就觉得姊姊也不是好人。但只要一会儿,姊姊在玲玲心目中就不同了。

这时节的玲玲,似乎因为天气太长了一点儿,要玩又不能玩,对于姊姊有一点儿反感,她以为先前不理会姊姊,姊姊也同样的在生自己的气。

她望望天,太阳是那么灼人,腿也站得发木了,挨到门槛坐了一会儿,心想母鸡生蛋,那么圆圆的,究竟是谁告它的一种功夫,很不可解。正猜想这一类事情,花园内木槿花短篱后有一个人影子一闪,玲玲眼快,晓得是赵妈儿子小闩子。忙着问:

"小闩子,是你吗?"

那边说:"是我。"

玲玲快乐极了,就从木槿花枝间钻过去,看小闩子。

小闩子是一个十二岁的男孩,这人无事不做,成天在后门外同一群肮脏污浊下贱孩子胡闹,生得人瘦而长,猴头猴脑,一双凸眼,一副顽皮下流的神气,在玲玲心目中却是一个全能非凡的人物。这孩子口能吹呼哨做出各种声音,手能做一切玩意儿,能在围塘上钓取鳝鱼鳅鱼,能只手向空捞捉苍蝇,勇敢,结实,一切好处皆使玲玲羡慕佩服,发生兴味。这小闩子原来是赵妈的儿子。

玲玲常见小囝子被他母亲用扫帚或晾衣的竹竿追到身后打击，玲玲母亲也不许玲玲同小囝子玩，姊姊也总说同小囝子玩真极下流。她不大相信家中人的意见，倒是小囝子常常因带了玲玲玩回来总得被打，所以不敢接近玲玲了。

玲玲这时看见小囝子，手里拿了一把小竹子，一个竹篾篓子，玲玲说：

"小囝子，昨天捉了多少鳅鱼！"

小囝子记起昨天带了玲玲去玩被赵妈用扫帚追打的情形来了。小囝子装模作样地说：

"还说捉鱼，我不该带你玩，我被打七下，头也打昏了！"

"今天去哪儿？"

"今天到西堤去。"

玲玲知道西堤有白荷花，绿绿的莲蓬，同伞一样的大荷叶，一到了那边就可以折这几样东西。且知道西堤柳树下很凉爽，常常有人在那边下棋，还有人在石凳上吹箫，石凳下又极多蟋蟀，时时刻刻弹琴似的轻声振着翅膀。

"西堤不热吗？"

"西堤不热，多少人都到那儿歇凉！"

"我只到过两回。"

"你想去吗？"

"让我想想，"玲玲随便想想，就说，"我同你去吧。"

小闩子却也想想,把头摇摇。

"不好,我不同你去,回头你转身时,我妈知道了又得打我。"

"你妈吃酒去了,不怕的。"

"你不怕我怕。"

"你难道怕打吗?我从不见你被打了以后哭脸,你是男人!"

小闩子听到这种称赞,望着玲玲笑着,轻轻地嘘了一口气,说:

"好,我们走吧,老孙铜头铁额,不会一棒打倒,让我保驾同你到西堤去,我们走后门出去吧。"

两人担心在后门口遇到赵妈,从柚子树下沿了后墙走去。玲玲家的花园倒不很小,一个斜坡,上下分成三个区域,有各样花果,各样树木,后墙树木更多,夏天来恐怕有长虫咬人,因此玲玲若无人做伴,一个人是不敢沿了花园围墙走去的。这时随同她做伴的,却是一个武勇非凡的小闩子,玲玲见到墙边很阴凉,就招呼小闩子,要他坐坐,莫急走去。

两人后来坐在一个石条子上,听树上的蝉声,各人用锐利的眼睛,去从树杪木末搜寻那些身体不大声音极宏的东西,各人皆看得清清楚楚。

小闩子说:"要不要我捉下来?"

"我不要。姊姊不许我玩这些小虫。"

"你怕你的姊姊是不是?一个人怕姊姊,我不明白是怎么回事。你姊姊脸上常常擦了粉和红色胭脂,同唱戏花旦一样,不应当害怕!"

"可是姊姊从不唱戏,她使人害怕,因为她有威风。赵妈也归她管,我也归她管,天下男子都应当归她管!"

小闩子有点儿不平了,把手中竹子敲打了身旁一株厚朴树干,表示他的气概。

"我不归你姊姊管,她管不了我。她不是母老虎,吃不了我!"

"她吃得了你!"

"那她是母老虎变的了,只有母老虎才吃得我下去!"

"她是母老虎。"

小闩子听这句话,就笑了。玲玲因为把话跟着说下去,故在一种抖气辩护中,使小闩子也害怕姊姊,故承认姊姊是一个母老虎,但到小闩子不再说出声时,玲玲心里划算了一下,怯怯地和气地问小闩子:

"你说母老虎,当真像姊姊那么样子吗?姊姊从不咬人。她很会哄人,会学故事,会唱七姊妹仙女的长歌。她是有威风的人,不是老虎!"

小闩子说:"我原是说不是老虎,你以为是,我不能同你分辩,正打量将来一见你姊姊就跑开的办法。"

玲玲想说"可是姊姊是天下最伟大聪明的人。"小闩子望到墙边一株枣树上的枣实,已走过树下去了。

枣树在墙头角处,这一棵大枣树疏疏的细叶瘦枝间,挂满了一树雪白大蒲枣，几天来已从绿色转成白色，完全成熟了，乐得玲玲跳了起来就追赶过去，跑到树下时，小闩子抱了树干，一纵身就悬起全身在树干上，像一个猿猴，一瞥眼，就见他爬到树丫上跨着树枝摇动起来了，玲玲又乐又急，昂了个小头望着上面，口里连连地喊："好好儿爬，不要掉下来，掉到我头上可不行！"

小闩子一点儿也不介意，还故意把树枝摇动得极厉害，树枝一上一下地乱晃，晃得玲玲红了脸，不敢再看，只蒙头喊："小闩子，你再晃我就走了！"

小闩子就不再晃了，安静下来，规规矩矩摘他的枣子。他把顶大的枣子摘到手上后，就说：

"玲玲，这是顶大的，看，法宝到了头上，招架！"

枣子掷抛下来时，玲玲用手兜着衣角，把枣子接得，一口咬了一半。一会儿，第二颗又下来了。玲玲忙着捡拾落在地下的枣子，忙着笑，轻轻地喊着，这边那边的跳着，高兴极了。

一个在树上，一个在树下，两人不知吃了多少枣子，吃到后来大家再也不想吃了。小闩子坐到树丫上，同一个玩倦了的猴子一样，等了一会儿，才溜下树来，站在玲玲面前，从身上掏出一把顶大的枣子来。

玲玲一眼看到小闩子手红了，原来枣树多刺，无意中已把小闩子的手刺出血了。玲玲极怕血，不敢看它。小闩子毫不在乎的神气，把手放在口里吮了一下，又蹲到地下抓了一把黄土一撒，若无其事的样子。

他问玲玲吃得可开心不开心,玲玲手上还拿得两手枣子,肚子饱饱的,点点头微笑,跳跃了两下。袋袋里铜子响了起来,听到声音玲玲记起铜板来了,从袋袋里把铜板掏出。

"我有四枚铜板,妈妈出门时送我的!"

"有四枚吗?"

"一、二、三、四。"

外墙刚好有人敲竹梆过身,小闩子知道这是卖枣子汤的,就说:

"外面有枣泥汤,怎么不买一碗吃吃?"

"枣泥汤是不是枣子做的?"

"是枣子做的,味道比枣子好。那里面是红枣,不是白枣,你不欢喜红枣吗?"

"欢喜,欢喜,拿去买吧。"

小闩子为出主意,要玲玲莫出去,在外面吃枣泥汤担心碰到熟人,就在这儿等下他一个人出去买,一会儿,他就拿回来了。

玲玲想想,"这样好"。于是把钱塞到小闩子手心。一接到钱,小闩子如飞地跑出去了。小闩子出去以后,看到了糖担子,下面有轮盘同活动龙头,龙头口中下垂一针,针所指处有糖做的弥勒佛,有糖塔、糖菩萨,就把手上铜板输了三枚。剩下一枚买了枣泥汤,因为分量太少了一点儿,要小贩添了些白水,小闩子把瓶子摇摇，一会儿，玲玲就见他手里拿了一小瓶浑黄色的液体，伶精古怪地跑回来了。

玲玲把瓶接到手里，喝了一口，只觉满嘴甜甜的。

"小闩子，你喝不喝？"

小闩子正想起糖塔糖人，不好意思再喝，就说不喝。玲玲继续把一小瓶的嘴儿含着，昂起头咕喽咕喽咽了一下，实在咽不下去了，才用膀子揉揉自己嘴唇，把那小瓶递给小闩子。小闩子见到，把瓶子粘在嘴边喝完了就完事了。

喝完了，小闩子说：

"玲玲，可好吗？"

"好极了。"

远远地听到赵妈声音：

"玲玲小姐，在哪儿？……"

小闩子怕见他的母亲，借口退还瓶子，一溜烟跑了。

玲玲把枣子藏到衣口袋里，心里耿耿的，满满的，跑出花园回到堂屋去，看到大方桌上一个热腾的大蒸笼，一蒸笼的糕，姊姊正忙着用盘子来盛取，见到了玲玲，就说：

"小玲玲，来，给你一个大的吃。"

玲玲本来不再想吃什么，但不好不吃。并且小孩子见了新鲜东西，即或肚皮已经吃别的东西胀得如一面小鼓，也不会节制一下不咬它一口。吃了一半热糕，玲玲肚子痛起来了，放下糕跑出去了。一个人坐在门外边。看到鸡在墙角扒土，咯咯地叫着。玲玲记起母亲说的不许吃外面的生冷东西，吃了会死人的话来了。肚子还是痛着，老不自在，又不敢同姊姊去说。

姊姊出来了，见到玲玲一个人坐在那里，皱了眉毛老不舒服的样子，以为她还是先前生气不好的原因，走过来哄她一下，问她：

"玲玲，糕不很好吗？再吃一个，留两个……"

玲玲望着姊姊的面孔，记起先一时说的母老虎笑话，有点儿羞惭。

姊姊说：

"怎么？还不高兴吗？我有好故事，你跑去拿书来，我们说故事吧。"

玲玲很轻很轻地说：

"姊姊，我肚子痛！"说着，就哭了。

姊姊看看玲玲的脸色，明白这小孩子说的话不是谎话，急坏了，忙着一面抱了玲玲到房中去，一面喊叫赵妈。把玲玲抱起时，口袋中枣子撒落到地下，各处滚着，玲玲哭着哼着让姊姊抱了她进房中去，再也不注意那些枣子。

把玲玲放在床上后，姊姊一面为她解衣一面问她吃了些什么，玲玲一一告给了姊姊，一点儿不敢隐瞒，姊姊更急了，要赵妈找寻小闩子来，追究他给玲玲吃了些什么东西。赵妈骂着小闩子的种种短命话语，忙匆匆地走出去了。玲玲让姊姊揉着，埋怨着，

到北海去 57

一句话不说，躺在床上，望到床顶有一个喜蛛白窠。

过一会儿赵妈回来了，药也好了，可是玲玲不过是因为吃多了一点儿的原因，经姊姊一揉，肚子咯咯地响着，经过了一阵，已经好多了。赵妈问："是不是要接太太回来？"玲玲就央求姊姊，不要接母亲回来。姊姊看看当真似乎不大要紧了，就答应了玲玲的请求，打发了赵妈出去，且说不要告给太太，因为告给太太，三个人都得挨骂。赵妈出了房门后，玲玲感谢地抱着姊姊让姊姊同她亲嘴亲额。

姊姊问：

"好了没有？"

"好了。"

"为什么同小闩子去玩？你是小姐，应当尊贵一点儿，不许同小痞子玩，不能乱吃东西，记到了没有？"

"下次不这样子了。"

姊姊虽然像是在教训小玲玲，姊姊的好处，却把玲玲心弄得十分软弱了。玲玲这时只想在姊姊面前哭哭，表示自己永远不再生事，不再同小痞子玩。

因为姊姊不许玲玲起身，又怕玲玲寂寞，就拿了书来坐在床边看书，要玲玲好好地躺在床上。玲玲一切都答应了。姊姊自己看书，玲玲躺着，一句话不说，让肚子食物慢慢地消化，望到床顶隔板角上那壁钱出神。

玲玲因此想起了自己的钱，想起了小闩子谈到姊姊的种种，还想起别的时候一些别的事情来。

到后来，姊姊把书看完了，在书本中段，做了一个记号，合拢了书问玲玲：

"玲玲，肚子好了没有？"

玲玲说："全好了。"说了似乎还想说什么，又似乎有点儿害羞，姊姊注意到这一点，就说："玲玲你乖一点儿，你放心，我回头不把这件事告给妈妈。"

玲玲把头摇摇，用手招呼姊姊，意思要她把头低下来，想有几句秘密话轻轻地告给姊姊一个人听。姊姊把头低下，耳朵靠近玲玲小嘴边时，玲玲轻轻地说：

"姊姊，我不怕你是母老虎，我愿意嫁给你。"

姊姊听到这种小孩子的话，想了一下，笑得伏在床上抱了玲玲乱吻，玲玲却在害羞情形中把眼睛弄湿，而且呜呜咽咽地哭起来了。

玲玲一面流泪一面想：

"我嫁给你，我愿意这样办！"

猎野猪的故事

"我都从不曾见过一次狼呢。"小四说。

我同样是从不曾见过的。但小四，这孩子，有一个怪脾气，譬如赖到你身上时，他说不吃过酸月饼，你就得学①一个月饼发酸或到什么地方吃酸月饼的故事，他才会满意。他说不见过什么，你也说不见，那可不成。不见，总听过的，就说听的吧，也可以。一句话，小四赖到身上时，是要听故事，但这故事又得他点题，不依他办，那下一次再来做客时就不理。

今天是四月五号，小四家丁香先公园的开放了，这来是看丁香兼吃小四的妈煨鸭粥的。粥吃了三碗。口还为小四特别用筷子捡出的鸭子肉弄得油乎乎的，不说故事，大致是不大容易出大门

---

① 学：指学故事；说故事。

的吧。

　　但狼这东西，究竟是什么样子？像狗，那一定。野狗我是见过的：尾子大，拖到地上，一对眼睛骨碌骨碌圆得发亮的，叫起来用鼻子贴到地面，像哭，地皮在那种呜呜地延续中也若在微微地摇动。不过我知道小四所要知道的，不是狼的形状，狼的凶残（他说他没有见过狼，其实万牲园的野狗，是见过三次的）。他是不见过会变女人的狼。这故事就得说一个猎人怎样打猎，先是用枪打那为狗赶逐出窝的狼，打不着，子弹火药也完了，于是，自己下马就去追，追来追去狼就捉住了。于是，用皮革条子缚了狼的脚，回家来，把狼丢到笼里去。于是，就磨刀，预备把刀磨快好剥狼皮做褥子。但是，一会儿，狼就变成美貌女子了。于是，结果猎人就得了一个妻。故事的内容要这样，其中各样又都不得苟且一点儿，譬如嗾狗，猎人得先打哨子，那你得嘘几声；放枪以前应安置弹药，你也得把小四爹爹的手杖拿来举个例。这差事真要选人当。

　　娘是顺到小四的，也像欢喜听。

　　近来的我，遇到说一件真真实实的故事，也形容不来，这一来，可真受苦了。但不说又不成。

　　"小四，我因你劝我的鸭子肉劝得太多，肚子胀，故事也给胀忘了，明天说吧。"我就想得一个特殊的恩典。

　　"那不成。"

到北海去

"那成的。我明天说两个都容易,今天半个也不有。"

"你有,"他还加分量说,"你是扯谎没有的。"

"我不有。四叔是不扯谎的。"

"娘,要吴妈关到门,不准四叔出去。"

关门,是做得到的,我到这来本来已就不知被关过几多回数了。小四的方法,简直是绑票。

"小四,你四叔要有事,莫又绑四叔的票吧。"小四的妈看不过意为我解围说话了。

仍然要说一个。妈有许多事,是除了屈服于孩子的坚决主张外没有办法的。看小四脸色不高兴,娘就接着说:

"好,那四叔就随便说一个故事吧。"

"随便可不成,不好是要第二个的。"

这故事只好开始了。

"小四,我听到过狼的叫声咧。像大人掩着鼻子时的哭声样。形象呢,比南方的狗大,比北方的狗小。两只耳朵竖起。镶在一副又瘦又多毛的脸嘴上的,是两粒吓人的又亮又大的眼睛。那东西,聪明得像车夫杜福,顽皮得像——"

"四叔是在骂我,我不依你!"

我脸上,就被一个小手掌轻轻地批了一下。

故事算是结束了。

故事还得另外起个头，要走是不能。

二嫂看到我的为难处，对我笑。

"娘，你应当促四叔赶快讲！"

"小四，让你四叔一次吧。"

这孩子，真是值得七祖公公来夸奖，说是"将来还有出息"的，凡事固执自己的主张，要求件事情总非做不可。

"小四，明天我来说两个又加送你一个小拿破仑像成不成？"

"我不要你的东西。"

"那故事也就不要了！"

"故事要一个。"

为恐我逃去，这孩子，就更其聪明地卧在我怀里，用手揽着我的颈子不放松。

宋妈站在房门口，是遵小四的命令。吴妈在那寨子边挽起袖子笑，得意到少爷又窘着了一个人。张妈从外面进来，也为小四喊着不准走，斜斜地蹲在一个猫儿身边逗猫儿。

"你们谁帮我个忙，说一个狼的故事给四少爷听听吧。"

吴妈还是笑。张妈说四少爷最恨她说故事，总离不了状元。

"状元不好吗，小四？"我说。

"不，我不要她说。"

"宋妈乡下人，试说一个吧。"

"我只有一个杀野猪的故事。"宋妈说。

这使小四出于意外地一惊。野猪不是比狼更其动人吗?小四知道野猪力量更其大,且猪八戒不就正是一个野猪吗?"如此说来顶好。"正用得着这样一句话。

于是,宋妈说这故事给大家听。(下面的话是她的,我记下,因这一记把宋妈神气却失了)。

打野猪的分出好几种。只有用矛子的那类人打猎时顶动人。

野猪本事是怎么,你们知道得清楚吗?这是应当知道的。

野猪身上全是一些筋和肉,没有油。肉适宜于腌、熏。腌好的肉,熏好的肉,拿来和辣子炒了吃,不论是切片切丝都下饭。这不是打野猪故事的正文,但我要说明白,我们才知道为什么大家都爱打野猪。

有一年,这有多久了?我不太记得清白了。我只能记到我是住在贵州花桥小寨上,辫子还是蜻蜓儿,我打过野猪。我同到天叔叔两人,随到大队猎人去土坟子赶野猪。土坟子,这地方大概是野猪的窝,横顺不到三里宽,一些小坡坡,一些小潴塘,一些矮树木,这个地方我就不知究竟藏得野猪有多少。每次去打你总得不落空。

大家吃了晚饭去,又带了一些烧好的大红薯。一帮人马总有二十多个人。又带了四匹狗。土坟子离我们寨里说是五里,其实不过只三里。到后就分开,各人走各人的路。我是同到我天叔随到大个子身体的四伯走到冈上去。上到土冈上,于是就在先前打好的棚子住下来。时间是八月,天气还很热,三个人还只一床被,用麦秆子做垫褥。我,同我夭叔叔,因为吃饭多了点,一到不久就睡去,四伯同他的狗抽身就到外面去合围去了。

不知道是睡了好多久。

我醒了,摇夭叔叔,他也醒了。把高粱秆的门打开,看天上全是星子。一个月亮还才从远山坡后升起来。虫声像落雨一样,这里那里全是。棚子附近就不知道有多少草蚱蜢,咋咋咋咋不得了。油蛐蛐是居然不客气进到我们垫褥上来了。月亮光照到我们的脸,我想起四伯。老远又听到一些人打哨子的声音。

"夭叔叔,我们出去看看吧。"

我们于是站在月光下头了,影子拖在地上是好长,一些亮火虫绕着我们的身子打转身。

"妹,有人在打哨子咧。"

我们听那哨子,忽远忽近。冈下头,有两个地方都烧有一堆火,这大约是我们伴当吧。四伯是必定到那一堆火前找酒喝去了,夭叔叔就轻轻打哨子,招我们的狗。

不听到狗声,只有小小的风,吹冈下树叶子作响。

默了好一会儿。

夭叔叔进到棚里去,找烧薯,到处都不见,才知道忘记放在别人箩筐里去了。有一点儿饿,是真的。四伯又不来。还不知这时候是什么时候,离天亮有多久,尽待着也不是事。这一来原就是为看看他们打野猪,万一他们这时正在打,我们在此待着干吗?

夭叔叔就主张我们跑到那冈下去看看,若四伯不在,也可以到那里一会儿,讨几个红薯又返身。

冈下到烧火处不过一里路远近。我是主张喊,夭叔叔又恐怕这时他们正在合围了,惊走了他们的猪,挨四伯的骂。

"我们下去就即刻转来,不要紧的。"

野猪听说凶,我知道。但夭叔叔同我的意思都以为下冈不到一里路,是无妨,且这时大概还不到合围,四伯原是答应我们在打时可以看看的。这时既还不曾打,野猪不带伤,又不必怕它,因此下冈便即决定了。

棚子内还剩得有标枪,这标枪刃子比我手掌还要宽,极其锋快的,夭叔叔学到一个打猎人样子,自己拣了一根短点的,为我拣了一根小刃的,各人都把来扛到肩膊上,离开了棚子,取小路下冈。

鬼,我们是不知道人应怕它的。虎豹这地方不曾有。豺狼则间或有人见到过,据说也不敢咬小孩子。我们又听说野猪在带创以前从不会伤人,就一无所惧地向烧火处走去。

我在夭叔叔身后走,为的是他可以为我逐去那讨人嫌的无毒蛇。

小风凉凉地吹到人身上很受用。月亮已升起照到头上了,星子少了点儿。

到了火堆边不见一个人。那里也有个棚子，棚子里只有一大筐子梭子薯，生的熟的混在一块儿，还有三个葫芦水。兲叔叔又吹哨子不见别处有接应。我们知道必是他们禁止野猪从这路过身，所以在此烧着一堆火，人却走到别处去。

围大概是已经在合了。

"不转去又恐怕四伯回头找我们，转去又恐怕撞到带伤的野猪。"我是主张提高嗓子喊四伯几声看看的。

"做不得，四哥以你被豹子咬才会喊的。万一你一喊吓走了野猪，别人又会说四哥不该带我们来了。"

兲叔叔想出一法子，是我留在此地，让他一个人转棚子。这难道算得好计策？要我一个人在此我可不能够，我愿意冒一点儿险担着心跑转去。有两个人都扛着根矛子，我倒胆子壮一点儿！

回去是我打先，我把当路的花蛇同骤然从身后窜来的野猪娘打跑，对付前面倒容易多多了。

在棚子内一面喝水吃红薯，把我们从冈下取来的吃得两人肚子到发胀方才止。吃薯剥皮本来只是城里人的事，不过因为贪多取来的薯三个我还吃不完，两人便只拣那好的中心吃，薯的皮和到薯的边，兲叔叔把它丢到棚外去。

若是我们初醒还只二更天，等到我们把薯吃了时，大约也是快到三更尽了。四伯不来真有点儿怄人。特意带我们来又骗了我们自顾去打围，我们真不如就到家睡一觉，明天早上左右跑到保董院子里去就可以见到那死猪！或者，这时四伯他们正在那茶树林子岔路旁站着，等候那野猪一来，就飞起那有手掌宽的刃的短矛子刺进野猪肋巴间，野猪不扬不睬地飞样跑过去，第二个岔口上别一个人就又是一矛子……说不定野猪已是睡倒在那茶林里，四伯等正放狗四处找寻吧。

远远地是听到有狗在叫，不过又像是在本寨上的狗。

夭叔叔是显然吃多了红薯，眼睛闭起，又在睡了。我也只有闭起眼，听棚外的草蚱蜢振翅膀。

像在模糊要醒不要醒的当儿，我听到一样响声，这响声反反复复在耳朵里作怪，我就醒了。我身子竖起来。

为这奇怪声气闹醒后，我就细细地去听。又不像长腿蚱蜢，又不像蛐蛐。是四伯转来了么？不是的。倒有点儿像我们那只狗。可是狗出气不会这样浊。是——？

我一想起，我心就跳了。这是一只小野猪！我绝不会错，这真是一只小野猪！它还在咿咿嗡嗡地叫！不止一，大约是三位，或者四位，就在我的棚子外边嚼那红薯皮。又忽然发小颠互相哄闹。

我不知我这时应当怎么办。一喊，准定就逃走。看看夭叔叔是还不曾醒，想摇他，又怕他才醒，嚷一声，就糟糕了。我出气也弄得很小很小的。我还是下蛮忍到我出声。不过这样坚持下去也不会有好花样出来，可是想不出好方法，我就大胆小心将我们的门略推。

声音是真小,但这些小东小西特别的灵巧,就已得了信,拖起尾巴飞跑下冈子去了。

我真悔得要死。我想把我自己嘴唇重重打几下,为的是我恨我自己放气沉了点。其实有罪只是手的罪,不去推棚门,纵想不出妙法子,总可再听一会儿咀嚼。

哈,我的天!不要抱怨,也不要说手坏,这家伙,舍不得薯皮,又来了。

先是一匹,轻脚轻手地走到棚边嗅了一会儿,像是知道这里是有生人气,又跑去,但马上一群就来了。不久就恢复了刚才那热闹。

我从各处的小蹄子脚步声,断定这小东西是四位。虽然明明白白棚里是有好几把矛子,因为记得四伯说小野猪走路快得很,几多狗还追不上,待我扯开门去用矛子刺它,不是早跑掉了吗?我又不敢追。那些小东小西大概总还料不到棚内是有人正在打它们的主意的,还是走来走去绕到棚子打圈子。

我就担心这些胆子很大的小猪会有一位不知足地要钻进棚来同我算账的。替它们想,是把棚外薯皮吃完转到它妈处是合算的事,多留一刻就多有危险。

哈,我的天!一个淡红的小嘴唇居然大大方方地从隙处进来了,总是鼻子太能干,嗅到棚内的红薯,那生客出我意料以外地用力一下还冲进一个小小脑袋来。没有思索的空处,我就做了一件事。我不知道是我的聪明还是傻,两手一下就箍到它颈项,同时我大声一喊。这小东西猛地用力向后一缩退,我手就连同退出了棚外。几乎是快要逃脱了。天哪,真急人!夭叔叔醒了,那一群小猪窜下冈去了,我跪着在棚内,两只手用死力往内拉,一只手略松,不过是命里这猪应在我手里,我因它一缩我倒把到一只小腿膊,即时这只腿膊且为我拉进棚内了。

"哎哟,夭叔叔,快出外去用矛子刺它,我捉着了!"

他像还在做梦的样子,一出去就捉到那小猪两后腿,提起来用大力把猪腿两边分。

"这样子是要逃掉的,让我来刺它!"

猪的叫声同我的喊声一样尖锐的应山①,各处都会听见的。

不消说,我们是打了胜仗,这猪再不能够叫喊了。一矛两矛地刺夺,血在夭叔叔手上沿着流,他把它丢到地上去,像一个打破了的球动都不动。

大家听到这故事,中间一个人都不敢插嘴。直到野猪打死丢到地上后,小四才大大地放了一口气。

宋妈的嘴角全是白沫子,手也捏得紧紧的,像还扯到那野猪

---

① 应山:声音在山间回响。

腿子一个样。这老太是从这故事上又年轻三四十岁了。

"以后，你猜他们怎么？"宋妈还反问一句。

大家全不声。

"以后四伯转身时，他说是听到有小猪同人的喊叫，待看到我们的小猪笑得口都合不拢。事情更有趣的是单单那一天他们一匹野猪打不得，真值得夭叔叔以后到处去夸张！"

小四是听得满意到十分，只是抱着我的颈子摇。

二嫂见宋妈那搂手忘形的样子，笑着说：

"宋妈，看不出你那双手还捉过野猪，我还以为你只有洗衣是拿手。"

"嗐，太太，到北方来，我这手洗衣也不成，倒只有捏饺子了。"

大家都笑个不止。

小四家的樱花开时，我已不敢去，只怕宋妈再无好故事，轮到我头上，就难了。

瑞 龙

在我家附近道台衙门口那个大坪坝上,一天要变上好几个样子。来到这坪坝内的人,虽说是镇日连连牵牵地分不出哪时是多哪时是少,然而从坪坝内摆的一切东西上看去,就很可清查出并不是一样人的情形来了。

这里早上是个菜市。有大篮大篮只见鳞甲闪动着,新从河下担来,买回家还可以放到盆内养活的鲤鱼,有大的生着长胡子的活虾子,有一担一担湿漉漉(水翻水天)红的萝卜——绿的青菜。扛着大的南瓜到肩膊上叫卖的苗代狗①满坪走着;而最著名的何三霉豆豉也是在辕门口那废灶上发卖。一到吃过早饭,这里便又变成一个柴草场!热闹还是同样。只见大担小担的油松金块子柴

---

① 代狗:苗族人呼小孩为"代狗"。

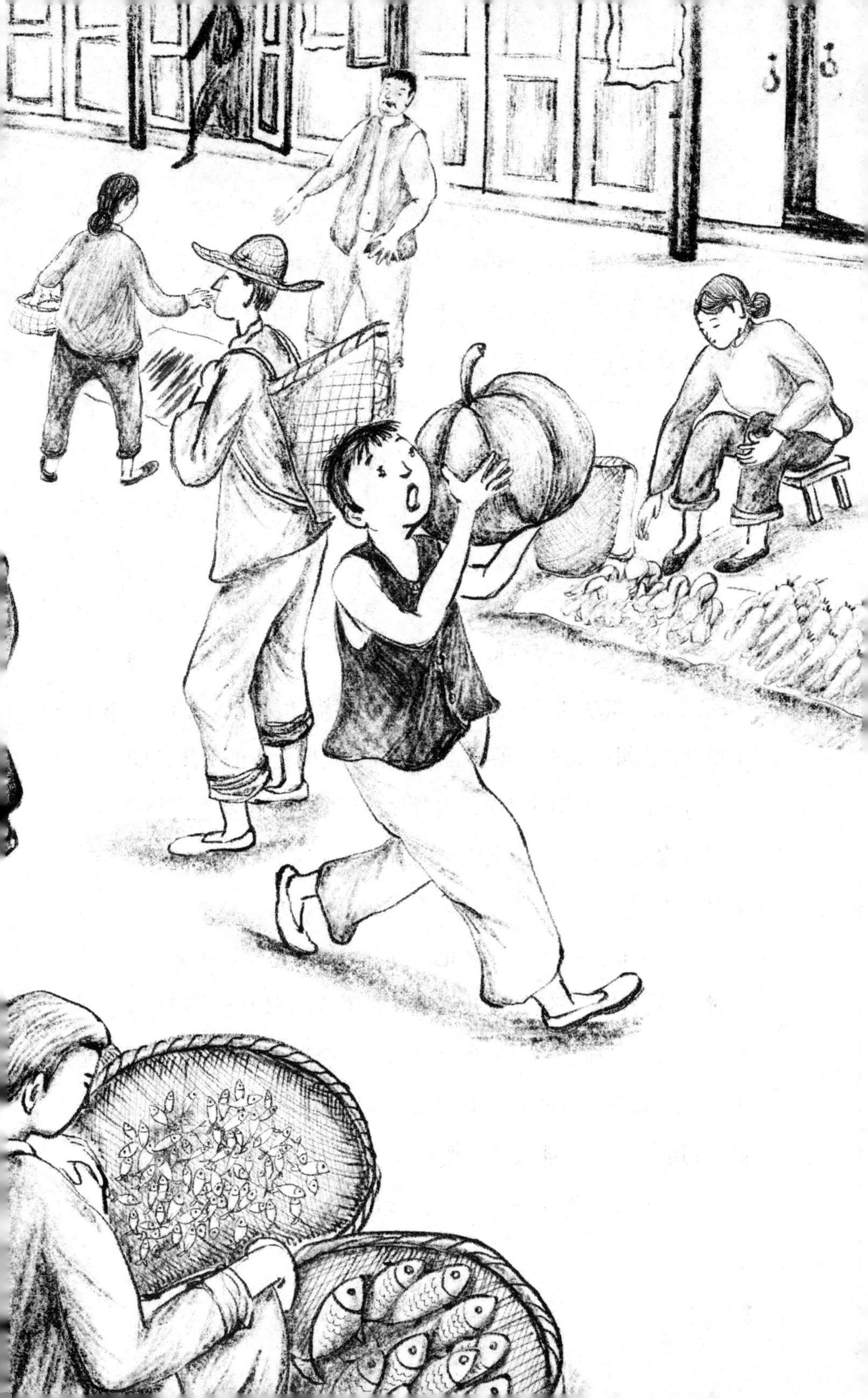

平平顺顺排对子列着。它们行列的整齐，你一看到便会想到正在衙门里大操场上太阳下烘焙着操练着的兵士们。并且，它们黄的色也正同兵士的黄布军衣一样——所不同的是兵士们中间只有几个教练官来回走着，喊着；而这柴草场上，却有许多槽房老板们，学徒们，各扛了一根比我家大门闩还壮大，油得光溜溜的秤杆子，这边那边走着，把那秤杆端大铁钩钩着柴担过秤。

兵士们会向后转向左转——以及开步走，柴担子却只老老实实让太阳烘焙着一点儿不动。

灰色黄色的干草，也很不少，草担是这样的大，日头儿不在中天时，则草担子背日那一头，就挪出一块比方桌还大的阴影来了。虽说是如今到了白露天气，但太阳毕竟还不易招架！大家谁不怕热？因此，这阴处便自自然然成了卖柴卖草的人休息处。

天气既是这么闷闷的，假若你这担柴不很干爽，老板们不来过问，你光膀子在这四围焦枯的秋阳下阴凉处坐着，瞌睡就会于这时乘虚而来，自然不是什么奇怪事！所以某一担草后，我们总可以看见个把人张开着死鲈鱼口打着大鼾。这鼾声听来也并不十分讨人嫌，且似乎还有点儿催眠并排蹲着的别个老庚们力量。若是你爱去注意那些小部分事事物物，还会见到那些正长鼾着的老庚们，为太阳炙得油光水滑的褐色背膊上，也总停着几个正在打瞌睡的饭蚊子——那真是有趣！

草是这么干，又一个二个接接连连那么的摆着：倘若有个把平素爱闹玩笑的人，擦的刮根火柴一点，不到五秒钟，不知坪内那些卖草卖柴的人要扰乱得成个什么样子了！本来这样事我曾见到一次，弄这玩事的人据说是瑞龙同到几个朋友。这里坪子是这么大，房子自然是无妨，眼见着烨烨剥剥，我觉得比无论什么还有味。后来许多时候从这里过身，便希望这玩意儿适于这当儿得再见到——可是不消说总令我失望！

晚上来了。萤火般的淡黄色灯光各在小摊子上微漾——这里已成了一个卖小吃食的场所了。

在晕黄漾动的灯光下，小孩们各围着他所需要的小摊面前。这些摊子都是各在上灯以前就按照各人习惯像赛会般一列一列排着，看时季变换着陈列货色。这里有包家孃腌萝卜，有光德的洋冬梨，有麻阳方面来的高村红肉柚子，有溆浦的金钱橘，有弄得香喷香喷了的曹金山牛肉疤子，有落花生，有甘蔗，有生红薯……大概这也是根据镇筸人好吃精细的心理吧，凡是到了道门口来的东西，总都分外漂亮，洁净，逗人心爱。至于价值呢，也不很贵，在别处买来二十文落花生，论量总比这里三十文还多，然你要我从这两者中加以选择时，我必买这贵的。这里的花生既特别酥脆，而颗颗尤落实可靠。——从花生中我们便可证明此外的一切了。

若身上不佩几个钱，哪个又敢到这足够使人肚子叽叽咕咕的地方来玩？

但说固然那么说，然而单为来此玩耍（不用花一个钱），一旁用眼睛向那架上衬着松毛的金橘，用小簸叠罗汉似的堆起的雪梨……任意观看；一旁把口水尽咽着走来走去的穷孩子，似乎也还很多。

小的白色（画有四季花）的瓷罐内那种朱红色辣子酱，单只望见，也就能使清口水朝喉里流了。从那五香牛肉摊子前过时，又是如何令人醉倒于那种浓酽味道中！金橘的香，梨的香，以及朝阳花的香，都会把人吸引将脚步不知不觉变成迟缓。酥饺儿才从油锅中到盘上来，像不好意思似的在盘之一角。红薯白薯相间的大片小片叠着，卖丁丁糖的小铜锣在尖起声子乱喊……嗯！这些真不消提及；说来令人胃口发痒。

他们的销路是怎样？请你看那簸箩内那些大的小的铜钱吧。

矮胖胖的瑞龙，是在我隔壁住家的梅村伯唯一儿子。也许这叫作物以稀为贵吧？梅村伯两口子一天无事总赶着他瑞龙叫"乖宝贝"，其实瑞龙除了那一个圆而褐像一个大铜圆的盘盘脸来得有味外，有什么值得可宝？我们见瑞龙显得那么净，也就时时同他开玩笑喊他做乖宝贝。这"乖宝贝"在自己妈喊来是好的，在别个喊来就是一种侮辱：瑞龙对这个不久就知道了。因此，这不使他高兴的名字，若从一个躴①点儿的弟弟们口中说出，他就会

---

① 躴(léng)：身体小，四川方言。

很勇敢地伸出他那小肥手掌来封脸送你个耳刮子。这耳刮子的意思就是报酬你的称谓与制止你的第二次恭维。至于大点儿的——不是他所能降伏得住的——那他又会赶忙变计,脸笑笑地用"哥!我怕你点儿好吧。你又不是我爸爸,怎么开口闭口乖宝贝?"

因这三个字破坏了瑞龙对他同伴们的友谊,以至于约到进衙门大操场去擩腰的事,已不知有过许多次了。可是大家对于这并不算得一回什么事。"乖宝贝!""乖宝贝来了!"凡是瑞龙到处,还是随时可以听到。

梅村伯两口子嘴上的心上的乖宝贝,自然是来得甜蜜而又亲热的,其实论到这位乖宝贝到这街上的顽皮行为,也就很有一个样子了!

但瑞龙顽皮以外究竟也还有些好处。

他家里开着一个潮丝烟铺子,年纪还只十一二岁的他,便能够帮助他妈包烟。五文一包的与四文一包的上净丝,在我们看来,分量上是很不容易分出差异的,但他的能干处竟不必用天平(但用手拈)也能适如其量地包出两种烟来。他白天一早上就同到我们一起到老铜锤(这也是他为我们先生取的好名字)那里去念书,放夜学归来,吃了饭,又扛着簸簸到道门口去卖甘蔗。他读书不很行,而顽皮的举动有时竟使老铜锤先生红漆桌子上那块木戒方也无所用其力。但当他到摊子边站着,腰上围了一条短围裙,衣袖口卷到肘弯子以上,一手把块布用力擦那甘蔗身上泥巴,一手拿着那小镰刀使着极敏捷的手法刮削，(见了一个熟人过身时)口上便做出那怪和气亲热的声气："吃甘蔗吧，哥！"或是"伯伯，这甘蔗又甜又脆，您哪吃得动——拿吧，拿吧！怎么要伯伯的钱呢。"你如看到，竟会以为这必又是一个瑞龙了！

我们常常说笑，以为当到这个时候，若老铜锤先生刚刚打这过身，见到瑞龙那副怪和气的样子——而瑞龙又很知趣，随手就把簸内那大节的肥蔗塞两节到先生怀中去，我敢同无论何人打个赌，明天进学堂时，不怕瑞龙再闹得凶一点儿，也不会再被先生罚跪到桌子下那么久了。我有我的理由。我深信最懂礼的先生绝不会做出"投以甘蔗报之戒方"的事！

瑞龙的甘蔗大概是比别人摊子上的货又好吃又价廉吧，每夜里他的生意似乎总比并排那几个人格外销行。据我想，这怕是因他年小，好同到他们同学窗友(这也从老铜锤处听来的)做生意，而且胆子大：敢赊账给这些小将——不然时，那他左手边那位生意比他做得并不过尽，为什么生意就远比不上瑞龙？包家娘说得也是，她说瑞龙原是得人缘呢。

一个圆圆篾簸簸，横上两根削得四四方方的木条子；成个十字，把簸簸划分成了四区。照通常易于认识的尊卑秩序排列，当面一格，每节十文；左边，值五个躲钱！右边，三文——前面便单放了些像笋子尖尖一般的尾巴。这尾巴嫩白得同玉一样，很是好看。若是甘蔗不拿来放口里嚼，但同佛手本瓜一样仅拿来看：那我就不愿意花去多钱买那正格内的货了。这尾巴本来不是卖钱的，遇到我们熟人，则可以随便取吃。但瑞龙做生意并不是笨狗，生码子问到前格时，他口上当然会说"这你把两个钱，一总都拿去吧"或是"好，减价了，一个钱两节！随你选"，不过多半还是他拿来交结朋友。

咱们几个会寻找快乐的人又围着瑞龙摊子在赌劈甘蔗了。打赌劈甘蔗的玩意儿，这正是再好不过的有趣事！谁个手法好点的谁就可不用花一个钱而得到最好的部分甘蔗吃，小孩子哪个又不愿意打这种赌？我，兆祥，云弟，乔乔（似乎陈家焕焕也在场），把甘蔗选定后，各人抽签定先后的秩序：人人心中都想到莫抽得那最短之末签——但最长的也不是哪一个人所愿意。

裁判人不用说自然而然就落到了瑞龙头上。

这是把一根甘蔗，头子那一边削尖，尾上尽剥到尽顶端极尖处：各人轮流用刀来劈，手法不高明便成了输家。为调甘蔗与本身同长，第一个总须站到那张小凳子上去才好下手；最后呢，多半又把甘蔗搁在凳上去，只要一反手间，便证明了自己希望的死活。在那弯弯儿小镰刀一反一复间，各人的心都为那刀尖子钩着了。

"悉——"的那锋利的薄刀通过蔗身时，大家的心，立时便给这声音引得紧张到最高的地方去——终于，哈哈嘻嘻从口中发出了，他们的心，才又渐渐地渐渐地弛松下来，至于平静。

"哈，云弟又输了！脸儿红怎的？再来吧。"瑞龙逗着云弟。又做着狡猾快意的微笑。

"来又来，那个还怕那个吗？拣大点的劈就干……好吧，好吧，就是这样。"输得脸上发烧了的云弟，锐气未馁，还希望于最后这次恢复了他过去连败两次的耻辱。大凡傲性的人，都有这么一种脾味：明知不是别人的对手，但他把失败的成绩却总委之于命运。

"那么，这准是"事不过三——不，不，这正是'一跌三窜'的云弟底账！……喂，我们算算吧，云弟。五十三加刚才十六，共五十九——不，不，六十九了。……这根就打二十四，（他屈着一个一个指头在数这总和）一起九十三，是不是？"

"难道劈也不曾劈你就又算到我的账上吗？"

"唔，这可靠得住——你那刀法！我愿放你反反刀；不然，过五关也好。你不信邪，下次我俩来试一根躲点的吧。"

这次侥幸云弟抽的是第二签，本来一点儿没有把握的他，一刀下去竟得了尺多长一节——输家却轮到乔乔了。

大家都没有料到，是以觉得这意外事好笑。

"乔哥，怎么！老螃蟹的脚也会被人折，真怪事！"瑞龙毫不迟疑地把揶揄又挪移到乔乔方面来。

"折老螃蟹的脚，哈哈，真的！"大家和着。

"乖宝贝，为你乔大爷算一算，一共多少。"

"这有什么算呢？四十加二十四，六十四整巴巴的——刚够称一斤烂牛肉的数目。"

"好，乖宝贝，明天见吧。"

"莫太输不起吧！别个云弟一连几次杀败下来，都不像你这般邋遢——"第一声的乖宝贝瑞龙不是不听见，因自己力量不如，却从耳朵咽下了。第二声乖宝贝跑到他耳边时，毕竟也有些气愤不过，然而声音还是很轻。

"怎么！怎么输不起？你说哪个邋遢？"将要走去了的乔乔又掉转身来。

"不知是谁输不起，不知是谁邋遢，才输一根甘蔗就——"

"就怎么？我不认账吗？"

"那你怎么口是那么野，开口闭口'乖宝贝乖宝贝'叫着呢？人家不是你养的；你又不是人家老子——"据着凳歪身在整理甘蔗的瑞龙眼睛湿了。

"我喜欢叫，我高兴叫，……乖宝贝，乖宝贝，乖乖宝贝，……我愿意，谁也不能捡坨马屎把我口封住！反正你又不是乖宝贝，来认什么账？"

这话未免太厉害了！但瑞龙是知彼知此的人，乔乔的力量他也领略过——自己明知不是对手，只有忍着。其实只要再忍口把气，乔乔稍走远点，天大的事也熨帖了！不幸他口里喃喃呐呐的詈语，又落到业已隔开摊子好几步远了的乔乔耳尖上。

"怎么，你骂谁？"

"那个喊我做乖宝贝——欺到我躬点的我就骂谁！"他不假思索地回答出来。

你们不要错急！你们会以为凡事两个到骂娘的时候，其决裂已定，行见扑拢来就扭股儿糖两个人朝泥巴渣滓窝乱滚了吧？这事今天是不会有的。乔乔虽说打架时异常勇猛，然对瑞龙是不至于就动手！

"你是乖宝贝？莫不要脸！你是谁的乖宝贝？(他又掉头过来，对着正怔怔不知所以，但也有点儿希望看热闹的心思的我们)怎么，你们哪个要个乖宝贝？这有一个！——我是不要，难得照扶。"乔乔还打着哈哈庆贺他俏皮话钻进瑞龙耳朵时的成功。

眼看到瑞龙把那块擦甘蔗的抹布用力擦着手，黄豆般大的圆眼泪却两颗两颗地落到簸簸边上。乔乔还在狞笑。瑞龙今天是被人欺侮了。

"只敢恶到人家躬一点儿——"

"那让一只手。"

"同杨家麻子打啰！"

"我怕人家——我专吃得着你！"乔乔还故意地撩逗。

"好，算了。都是好朋友，何必为眼屎大点儿的事情也相吵——就算我是你们哪一个的乖宝贝吧。(大家都笑了)各人忍一句难道就不算脚色?……去，去，我们去吧。"幸幸得知趣的兆祥出来做了和事人。

大家拖拖扯扯把乔乔推去了，又来安慰瑞龙；为他收拾摊子，劝他转去。这场事是这么了结，觉得无味的，怕要算那最爱逗小孩子相打的杨喜喜！他这时是正在另一个摊子边喝苞谷子酒，曾一度留意到这边甘蔗摊子上来。

不知道情形的，会以为转身时还流着泪的瑞龙，今夜同乔乔结下了这一场仇，至少总有个十天八天不见面了！其实这些闲口角，仅仅还只到口上骂两句，又算个什么呢？第二天摊子边，还不是依然是那几个现人在那里胡闹。

……

"喂，云弟输得脸红了！哈哈，你怎么啦！……再来过，再来过……"

也许是云弟为人过于老实了一点儿吧，大家都爱同他开玩笑，而瑞龙嘴上的挖苦话尤其单对着时常输得脸庞儿绯红的云弟。

可是，自从那次瑞龙哭脸后，云弟也就找出几句能使瑞龙红脸的话了，这话是：

"罢么！莫要同我来逗，有气概还是同乔哥哥去过劲吧！"

这时的瑞龙，必是低下头去整理那些不必整理的甘蔗。

静

春天日子是长极了的。长长的白日,一个小城中,老年人不向太阳取暖就是打瞌睡,少年人无事做时皆在晒楼或空坪里放风筝。天上白白的日头慢慢地移着,云影慢慢地移着,什么人家的风筝脱线了,各处便皆有人仰了头望到天空,小孩子皆大声乱嚷,手脚齐动,盼望到这无主风筝,落在自己家中的天井里。

女孩子岳珉年纪约十四岁左右,有一张营养不良的小小白脸,穿着新上身不久长可齐膝的蓝布袍子,正在后楼屋顶晒台上,望到一个从城里不知谁处飘来的脱线风筝,在头上高空里斜斜地溜过去,眼看到那线脚曳在屋瓦上,隔壁人家晒台上,有一个胖胖的妇人,正在用晾衣竹竿乱捞。身后楼梯有小小声音,一个小男孩子,手脚齐用地爬着楼梯,不久一会儿,小小的头颅就在楼口边出现了。小孩子怯怯地,贼一样地,转动两个活泼的眼睛,不即上来,轻轻地喊女孩子。

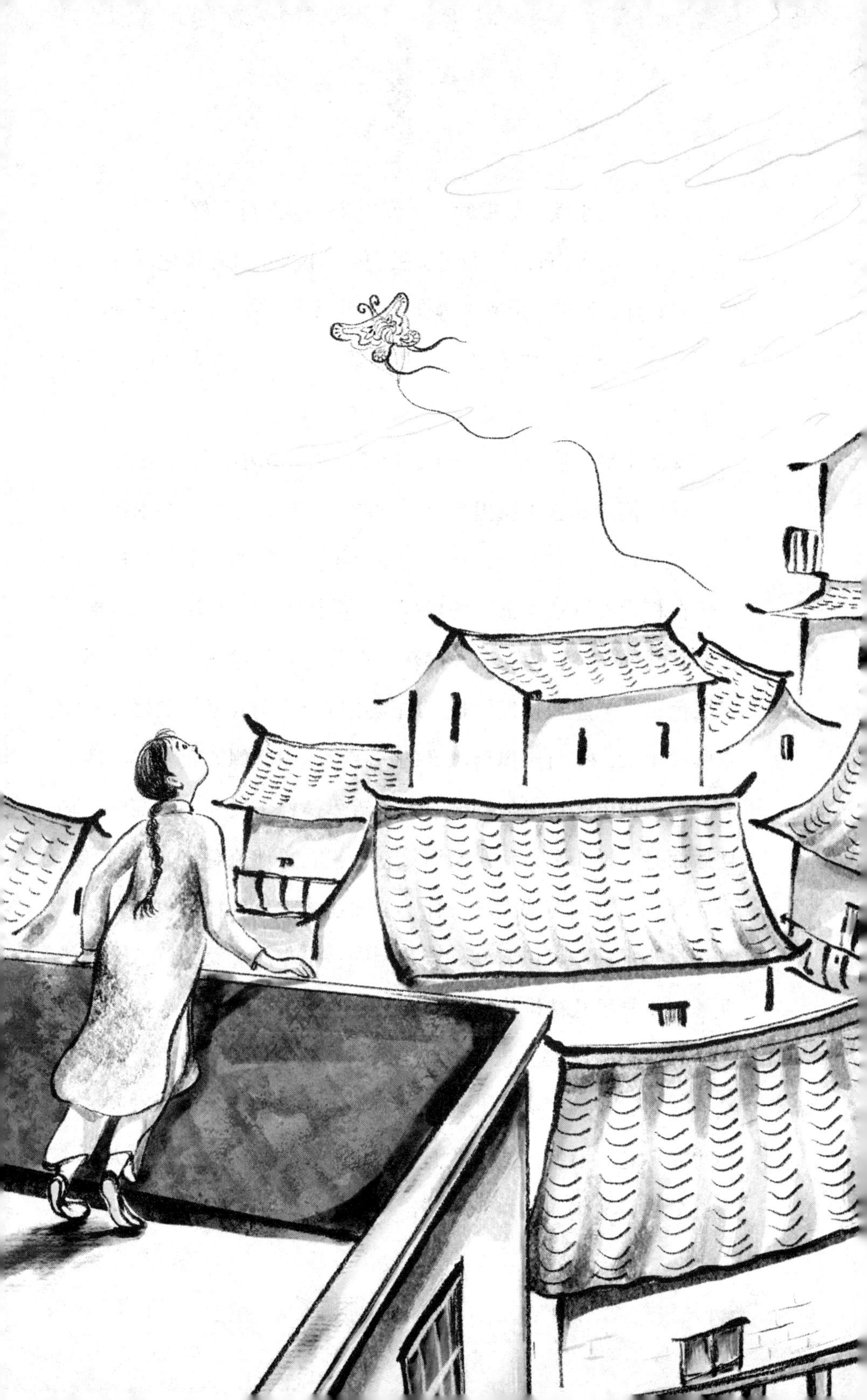

"小姨，小姨，婆婆睡了，我上来一会儿好不好？"

女孩子听到声音，忙回过头去。望到小孩子就轻轻地骂着："北生，你该打，怎么又上来？等会儿你姆妈就回来了，不怕骂吗？"

"玩一会儿。你莫出声，婆婆睡了！"小孩重复地说着，神气十分柔和。

女孩子皱着眉吓了他一下，便走过去，把小孩援上晒楼了。

这晒楼原如这小城里所有平常晒楼一样，是用一些木枋，疏疏地排列到一个木架上，且多数是上了点年纪的。上了晒楼，两人倚在朽烂发霉摇摇欲坠的栏杆旁，数天上的大小风筝。晒楼下面是斜斜的屋顶，屋瓦疏疏落落，有些地方经过几天春雨，都长了绿色霉苔。屋顶接连屋顶，晒楼左右全是别人家的晒楼。有晒衣服被单的，把竹竿撑得高高的，在微风中飘飘如旗帜。晒楼前面是石头城墙，可以望到城墙上石罅里植根新发芽的葡萄藤。晒楼后面是一道小河，河水又清又软，很温柔地流着。河对面有一个大坪，绿得同一块大毡一样，上面还绣得有各样颜色的花朵。大坪尽头远处，可以看到好些菜园同一个小庙。菜园篱笆旁的桃花，同庵堂里几株桃花，正开得十分热闹。

日头十分温暖，景象极其沉静，两个人一句话不说，望了一会儿天上，又望了一会儿河水，河水不像早晚那么绿，有些地方似乎是蓝色，有些地方又为日光照成一片银色。对岸那块大坪，有几处种得有油菜，菜花黄澄澄的如金子。另外草地上，有从城里染坊中人晒的许多白布,长长地卧着,用大石块压着两端。坪里也有三个人坐在大石头上放风筝,其中一个小孩,吹个芦管唢呐,吹各样送亲嫁女的调子。另外还有三匹白马,两匹黄马,没有人照料,在那里吃草,从从容容,一面低头吃草一面散步。

小孩北生望到有两匹马跑了,就狂喜地喊着:"小姨,小姨,你看!"小姨望了他一眼,用手指指楼下,这小孩子懂事,恐怕下面知道,赶忙把自己手掌掩到自己的嘴唇,望望小姨,摇了一摇那颗小小的头颅,意思像在说:"莫说,莫说。"

两个人望到马,望到青草,望到一切,小孩子快乐得如痴,女孩子似乎想到很远的一些别的东西。

他们是逃难来的,这地方并不是家乡,也不是所要到的地方。母亲,大嫂,姊姊,姊姊的儿子北生,小丫头翠云一群人中就只五岁大的北生是男子。糊糊涂涂坐了十四天小小篷船。船到了这里以后,应当换轮船了,一打听各处,才知道××城还在被围,过上海或过南京的船车全已不能开行。到此地以后,证明了从上面听来的消息不确实。既然不能通过,回去也不是很容易的,因此照妈妈的主张,就找寻了这样一间屋子权且居住下来,打发随来的兵士过宜昌,去信给北京同上海,等候各方面的回信。在此住下后,妈妈同嫂嫂只盼望宜昌有人来,姊姊只盼望北京的信,女孩岳珉便想到上海一切。她只希望上海先有信来,因此才好读书。若过宜昌同爸爸住,爸爸是一个军部的军事代表。哥哥也是个军官，不如过上海同教书的第二哥哥同住。可是××一个月了还打不下。谁敢说定什么时候才能通行？几个人住此已经有四十天了，每天总是要小丫头翠云做伴，跑到城门口那家本地报馆门前去看报，看了报后又赶回来，将一切报上消息，告给母亲同姊姊。几人就从这些消息上找出可安慰的理由来，或者互相谈到晚上各人所做的好梦，从各样梦里取一切不可期待的佳兆。母亲原是一个多病的人，到此一月来各处还无回信，路费剩下来的已有限得很，身体原来就很坏，加之路上又十分辛苦，自然就更坏了。女孩岳珉常常就想道："再有半个月不行，我就进党务学校去也好吧。"那时党务学校，十四岁的女孩子的确是很多的。一个上校的女儿有什么不合适？一进去不必花一个钱，六个月毕业后，派到各处去服务，还有五十块钱的月薪。这些事情，自然也是这个女孩子，从报纸上看来，保留到心里的。

正想到党务学校的章程，同自己未来的运数，小孩北生耳朵很聪锐，因恐怕外婆醒后知道了自己私自上楼的事，又说会掉到水沟里折断小手，已听到了楼下外婆咳嗽，就牵小姨的衣角，轻声地说："小姨，你让我下去，大婆醒了！"原来这小孩子一个人爬上楼梯以后，下楼时就不知道怎么办了的。

女孩岳珉把小孩子送下楼以后，看到小丫头翠云正在天井洗衣，也就蹲到盆边去搓了两下，觉得没什么趣味，就说："翠云，我为你楼上去晒衣吧。"拿了些扭干了水的湿衣，又上了晒楼。

一会儿,把衣就晾好了。

这河中因为去桥较远,为了方便,还有一只渡船,这渡船宽宽的如一条板凳,懒懒地搁在滩上。可是路不当冲,这只渡船除了染坊中人晒布,同一些工人过河挑黄土,用得着它以外,常常半天就不见一个人过渡。守渡船的人,这时正躺在大坪中大石块上睡觉,那船在太阳下,灰白憔悴,也如十分无聊十分倦怠的样子,浮在水面上,慢慢地在微风里滑动。

"为什么这样清静?"女孩岳珉心里想着。这时节,对河远处却正有制船工人,用钉锤敲打船舷,发出砰砰庞庞的声音。还有卖针线飘乡的人,在对河小村镇上,摇动小鼓的声音。声音不断地在空气中荡漾,正因为这些声音,却反而使人觉得更加寂静。

过一会儿,从里边有桃花树的小庵堂里,出来了一个小尼姑,戴黑色僧帽,穿灰色僧衣,手上提了一个篮子,扬长地越过大坪向河边走来。这小尼姑走到河边,便停在渡船上面一点儿,蹲在一块石头上,慢慢地卷起衣袖,各处望了一会儿,又望了一阵天上的风筝,才从容不迫地,从提篮里取出一大束青菜,一一地拿到面前,在流水里乱摇乱摆。因此一来,河水便发亮地滑动不止。又过一会儿,从城边岸上来了一个乡下妇人,在这边岸上,喊叫过渡。渡船夫上船抽了好一会儿篙子,才把船撑过河,把妇人渡过对岸。不知为什么事情这船夫像吵架似的,大声地说了一些话,那妇人一句话不说就走去了。跟着不久,又有三个挑空箩筐的男子，从近城这边岸上唤渡，船夫照样缓缓地撑着竹篙，这一次那三个乡下人，为了一件事，互相在船上吵着，划船的可一句话不说，一摆到了岸，就把篙子钉在沙里。不久那六只箩筐，就排成一线，消失到大坪尽头去了。

洗菜的小尼姑那时也把菜洗好了，正在用一段木杵，捣一块布或是件衣裳，捣了几下，又把它放在水中去拖摆几下，于是再提起来用力捣着。木杵声音印在城墙上，回声也一下一下地响着。这尼姑到后大约也觉得这回声很有趣了，就停顿了工作，尖锐地喊叫："四林，四林。"那边也便应着"四林，四林"。再过不久，庵堂那边也有女人锐声地喊着"四林，四林"，且说些别的话语，大约是问她事情做完了没有。原来这就是小尼姑自己的名字！这小尼姑事做完了，水边也玩厌了，便提了篮子，故意从白布上面，横横地越过去，踏到那些空处，走回去了。

小尼姑走后，女孩岳珉望到河中水面上，有几片菜叶浮着，傍到渡船缓缓地动着，心里就想起刚才那小尼姑十分快乐的样子。"小尼姑这时一定在庵堂里把衣晾上竹竿了！……一定在那桃花树下为老师父捶背！……一定一面口下念佛，一面就用手逗身旁的小猫玩！……"想起许多事都觉得十分可笑，就微笑着，也学到低低地喊着"四林，四林"。

过了一会儿。想起这小尼姑的快乐，想起河里的水，远处的花，天上的云，以及屋里母亲的病，这女孩子，不知不觉又有点儿寂寞起来了。

她记起了早上喜鹊，在晒楼上叫了许久，心想每天这时候送信的都来送信，不如下去看看，是不是上海来了信。走到楼梯边，就见到小孩北生正轻脚轻手，第二回爬上最低那一级梯子。

"北生你这孩子，不要再上来了呀！"

下楼后，北生把女孩岳珉拉着，要她把头低下，耳朵俯就到他小口，细声细气地说："小姨，大婆吐那个……"

到房里去时，看到躺在床上的母亲，静静的如一个死人，很柔弱很安静地呼吸着，又瘦又狭的脸上，为一种疲劳忧愁所笼罩。母亲像是已醒过一会儿了，一听到有人在房中走路，就睁开了眼睛。

"珉珉，你为我看看，热水瓶里的水还剩多少。"

一面为病人倒出热水调和库阿可斯，一面望到母亲日益消瘦下去的脸，同那个小小的鼻子，女孩岳珉说："妈，妈，天气好极了，晒楼上望到对河那小庵堂里桃花，今天已全开了。"

病人不说什么，微微地笑着。想起刚才咳出的血，伸出自己那只瘦瘦的手来，摸了摸自己的额头，自言自语地说着："我不发烧。"说了又望到女孩温柔地微笑着。那种笑是那么动人怜悯的，使女孩岳珉低低地嘘了一口气。

"你咳嗽不好一点儿吗？"

"好了好了不要紧的，人不吃亏。早上吃鱼，喉头稍稍有点儿火，不要紧的。"

这样问答着,女孩便想走过去,看看枕边那个小小痰盂。病人明白那个意思了,就说:"没有什么。"又说,"珉珉你站到莫动,我看看,这个月你又长高了!"

女孩岳珉害羞似的笑着:"我不像竹子吧,妈妈。我担心得很,人太长高了要笑人的!"

静了一会儿。母亲记起什么了。

"珉珉我做了个好梦,梦到我们已经上了船,三等舱里人挤得不成样子。"

其实这梦还是病人捏造的,因为记忆力乱乱的,故第二次又来说着。

女孩岳珉望到母亲同蜡做成一样的小脸,就勉强笑着:"我昨晚当真梦到大船,还梦到三毛老表来接我们,又觉得他是福禄旅馆接客的招待,送我们每一个人一本旅行指南。今早上喜鹊叫了半天,我们算算看,今天会不会有信来。"

"今天不来明天应来了!"

"说不定自己会来!"

"报上不是说过,十三师在宜昌要调动吗?"

"爸爸莫非已动身了!"

"要来,应当先有电报来!"

两人故意这样乐观地说着,互相哄着对面那一个人,口上虽那么说着,女孩岳珉心里却那么想着:"妈妈病怎么办?"病人自己也心里想着:"这样病下去真糟。"

姊姊同嫂嫂,从城北补课回来了,两人正在天井里悄悄地说着话。女孩岳珉便站到房门边去,装成快乐的声音:"姊姊,大嫂,先前有一个风筝断了线,线头搭在瓦上曳过去,隔壁那个妇人,用竹竿捞不着,打破了许多瓦,真好笑!"

姊姊说:"北生你一定又同姨姨上晒楼了,不小心,把脚摔断,将来成跛子!"

小孩北生正蹲到翠云身边,听姆妈说到他,不敢回答,只偷偷地望到小姨笑着。

女孩岳珉一面向北生微笑,一面便走过天井,拉了姊姊往厨房那边走去,低声地说:"姊姊,看样子,妈又吐了!"姊姊说:"怎么办?北京应当来信了!"

"你们抽的签?"

姊姊一面取那签上的字条给女孩,一面向蹲在地下的北生招手,小孩走过身边来,把两只手围抱着他母亲:"娘,娘,大婆又咯咯地吐了,她收到枕头下!"

姊姊说:"北生我告你,不许到婆婆房里去闹,知道吗?"小孩很懂事地说:"我知道。"又说,"娘,娘,对河桃花全开了,你让小姨带我上晒楼玩一会儿,我不吵闹。"

姊姊装成生气的样子:"不许上去,落了多久雨,上面滑得很!"又说,"到你小房里玩去,你上楼,大婆要骂小姨!"

这小孩走过小姨身边去,捏了一下小姨的手,乖乖地到他自己小卧房去了。

那时翠云丫头已经把衣搓好了,且用清水荡过了,女孩岳珉便为扭衣裳的水,一面做事一面说:"翠云我们以后到河里去洗衣,可方便多了!过渡船到对河去,一个人也不有,不怕什么吧。"翠云丫头不说什么,脸儿红红的只是低头笑着。

病人在房里咳嗽不止,姊姊同大嫂便进去了。翠云把衣扭好了,便预备上楼。女孩岳珉在天井中看了一会儿日影,走到病人房门望望。只见到大嫂正在裁纸,姊姊坐在床边,想检查那小痰盂,母亲先是不允许,用手拦阻,后来大姊仍然见到了,只是摇头。可是三个人皆勉强地笑着,且故意想从别一件事上,解除一下当前的悲戚处,于是说到一个很久远的故事。到后三人又商量到写信打电报的事情。女孩岳珉不知为什么,心里尽是酸酸的,站在天井里,同谁生气似的,红了眼睛,咬着嘴唇。过一阵,听到翠云丫头在晒楼说话:

"珉小姐,珉小姐,你上来,看新娘子骑马,快要过渡了!"

又过一阵,翠云丫头于是又说:

"看哪,看哪,快来看哪,一个一块瓦的大风筝跑了,快来,快来,就在头上,我们捉它!"

女孩岳珉抬起来了头,果然从天井里也可以望到一个高高的风筝,如同一个吃醉了酒的巡警神气,偏偏斜斜地滑过去,隐隐约约还看到一截白线，很长地在空中摇摆。

也不是为看风筝，也不是为看新娘子，等到翠云下晒楼以后，女孩岳珉仍然上了晒楼了。上了晒楼，仍然在栏杆边傍着，眺望到一切远处近处，心里慢慢地就平静了。后来看到染坊中人在大坪里收拾布匹，把整匹白布折成豆腐干形式，一方一方摆在草上，看到尼姑庵里瓦上有烟子，各处远近人家也都有了烟子，她方离开晒楼。

下楼后，向病人房门边张望了一下，母亲同姊姊三人皆在床上睡着了。再到小孩北生小房里去看看，北生不知在什么时节，也坐在地下小绒狗旁睡着了。走到厨房去，翠云丫头正在灶口边板凳上，偷偷地用无敌牌牙粉，当成水粉擦脸。女孩岳珉似乎恐怕惊动了这丫头的神气，赶忙走过天井中心去。

这时听到隔壁有人拍门，有人互相问答说话。女孩岳珉心里很稀奇地想道："谁在问谁？莫非爸爸同哥哥来了，在门前问门牌号数吧？"这样想道，心便骤然跳跃起来，忙匆匆地走到二门边去，只等候有什么人拍门拉铃子，就一定是远处来的人了。

可是，过一会儿，一切又都寂静了。

女孩岳珉便不知所谓地微微地笑着。日影斜斜的，把屋角同晒楼柱头的影子，映到天井角上，恰恰如另外一个地方，竖立在她们所等候的那个爸爸坟上一面纸制的旗帜。

（萌妹述，为纪念姊姊亡儿北生而作。）

我读一本小书同时又读一本大书

我能正确记忆到我小时的一切，大约在两岁左右。我从小到四岁左右，始终健全肥壮如一只小豚。四岁时母亲一面告给我认方字，外祖母一面便给我糖吃，到认完六百生字时，腹中生了蛔虫，弄得黄瘦异常，只得每天用草药蒸鸡肝当饭。那时节我即已跟随了两个姊姊，到一个女先生处上学。那人既是我的亲戚，我年龄又那么小，过那边去念书，坐在书桌边读书的时节较少，坐在她膝上玩的时间或者较多。

到六岁时我的弟弟方两岁，两人同时出了疹子，时正六月，日夜皆在吓人高热中受苦，又不能躺下睡觉，一躺下就咳嗽发喘，又不要人抱，抱时全身难受，我还记得我同我那弟弟两人当时皆用竹簟卷好，同春卷一样，竖立在屋中阴凉处。家中人当时业已为我们预备了两具小小棺木，搁在院中廊下，但十分幸运，两人到后居然全好了。我的弟弟病后雇请了一个壮实高大的苗妇人照料,照料得法,他便壮大异常。我因此一病,却完全改了样子,从此不再与肥胖为缘了。

六岁时我已单独上了私塾。如一般风气,凡是私塾中给予小孩子的虐待,我照样也得到了一份。但初上学时我因为在家中业已认字不少,记忆力从小又似乎特别好,故比较其余小孩,可谓十分幸福。第二年后换了一个私塾,在这私塾中我跟从了几个较大的学生,学会了顽劣孩子抵抗顽固塾师的方法,逃避那些书本去同一切自然相亲近。这一年的生活形成了我一生性格与感情的基础。我间或逃学,且一再说谎,掩饰我逃学应受的处罚。我的爸爸因这件事十分愤怒,有一次竟说若再逃学说谎,便当实行砍去我一个手指。我仍然不为这话所恐吓,机会一来时总不把逃学的机会轻轻放过。当我学会了用自己眼睛看世界一切,到一切生活中去生活时,学校对于我便已毫无兴味可言了。

我爸爸平时本极爱我,我曾经有一时还做过我那一家的中心人物。稍稍害点病时,一家人便光着眼睛不即睡眠,在床边服侍我,当我要谁抱时谁就伸出手来。家中那时经济情形很好,我在物质方面所享受到的,比起一般亲戚小孩似乎皆好得多。我的爸爸既一面只做将军的好梦,一面对于我却怀了更大的希望。他仿佛早就看出我不是个军人,不希望我做将军,却告给我祖父的许多勇敢光荣的故事,以及他庚子年间所得的一份经验。他以为我不拘做什么事,总之应比做个将军高些。第一个赞美我明慧的就是我的爸爸。可是当他发现了我成天从塾中逃出到太阳底下同一群小流氓游荡,任何方法都不能拘束这颗小小的心,且不能禁止我狡猾地说谎时,我的行为实在伤了这个军人的心。同时那小我四岁的弟弟,因为看护他的苗妇人照料十分得法,身体养育得强壮异常,年龄虽小,便显得气派宏大,凝静结实,且极自尊自爱,故家中人对我感到失望时,对他便异常关切起来。这小孩子到后来也并不辜负家中人的期望,二十二岁时便做了步兵上校。至于我那个爸爸,却在东北,西藏,各处军队中混过,一九三二年时还只是一个上校,把将军希望留在弟弟身上,在家乡从一种极轻微的疾病中便瞑目了。

我有了外面的自由,对于家中的爱护反觉处处受了牵制,因此家中人疏忽了我的生活时,反而似乎使我方便了一些。领导我逃出学塾,尽我到日光下去认识这大千世界微妙的光,稀奇的色,以及万汇百物的动静,这人是我一个张姓表哥。他开始带我到他家中橘柚园中去玩,到各处山上去玩,到各种野孩子堆里去玩,到水边去玩。他教我说谎,用一种谎话对付家中,又用另一种谎话对付学塾,引诱我跟他各处跑去。即或不逃学,学塾为了担心学童下河洗澡,每度中午散学时,照例必在每人手心中用朱笔写一大字,我们尚依然能够一手高举,把身体泡到河水中玩个半天,这方法也亏那表哥想出的。我感情流动而不凝固,一派清波给予我的影响实在不小。我幼小时较美丽的生活,大部分都与水不能分离。我的学校可以说是在水边的。我认识美，学会思索，水对我有极大的关系。我最初与水接近，便是那荒唐表哥领带的。

现在说来，我在做孩子的时代，原本也不是个全不知自重的小孩子。我并不愚蠢。当时在一班表兄弟中和弟兄中，似乎只有我那个哥哥比我聪明，我却比其他一切孩子解事。但自从那表哥教会我逃学后，我便成为毫不自重的人了。在各样教训各样方法管束下，我不欢喜读书的性情，从塾师方面，从家庭方面，从亲戚方面，莫不对于我感觉得无多希望。我的长处到那时只是种种地说谎。我非从学塾逃到外面空气下不可，逃学过后又得逃避处罚，我最先所学，同时拿来致用的，也就是根据各种经验来制作各种谎话。我的心总得为一种新鲜声音，新鲜颜色，新鲜气味而跳。我得认识本人生活以外的生活。我的智慧应当从直接生活上得来，却不需从一本好书一句好话上学来。似乎就只这样一个原因，我在学塾中，逃学记录点数，在当时便比任何一人都高。

离开私塾转入新式小学时，我学的总是学校以外的，到我出外自食其力时，我又不曾在我职务上学好过什么。二十年后我"不安于当前事务，却倾心于现世光色，对于一切成例与观念皆十分怀疑，却常常为人生远景而凝眸"，这分性格的形成，便应当溯源于小时在私塾中的逃学习惯。

自从逃学成为习惯后，我除了想方设法逃学，什么也不再关心。有时天气坏一点儿，不便出城上山里去玩，逃了学没有什么去处,我就一个人走到城外庙里去,那些庙里总常常有人在殿前廊下绞绳子,织竹簟,做香,我就看他们做事。有人下棋,我看下棋。有人打拳,我看打拳。甚至于相骂,我也看着,看他们如何骂来骂去,如何结果。因为自己既逃学,走到的地方必不能有熟人,所到的必是较远的庙里。到了那里,既无一个熟人,因此什么事皆只好用耳朵去听,眼睛去看,直到看无可看听无可听时,我便应当设计打量我怎么回家去的方法了。

来去学校我得拿一个书篮。逃学时还把书篮挂到手肘上,这就未免太蠢了一点儿。凡这么办的可以说是不聪明的孩子。许多这种小孩子,因为逃学到各处去,人家一见就认得出,上年纪一点儿的人见到时就会说:逃学的人,你赶快跑回家挨打去,不要在这里玩。若无书篮可不必受这种教训。因此我们就想出了一个方法,把书篮寄存到一个土地庙里去,那地方无一个人看管,但谁也用不着担心他的书篮。小孩子对于土地神全不缺少必须的敬畏,都信托这木偶,把书篮好好地藏到神座龛子里去,常常同时有五个或八个,到时却各人把各人的拿走,谁也不会乱动旁人的东西。我把书篮放到那地方去,次数是不能记忆了的,照我想来,搁的最多的必定是我。

逃学失败被家中学校任何一方面发觉时,两方面总得各挨一顿打,在学校得自己把板凳搬到孔夫子牌位前,伏在上面受笞。处罚过后还要对孔夫子牌位作一揖,表示忏悔。有时又常常罚跪至一根香时间。我一面被处罚跪在房中的一隅，一面便记着各种事情，想象恰如生了一对翅膀，凭经验飞到各样动人事物上去。按照天气寒暖，想到河中的鳜鱼被钓起离水以后拨剌的情形，想到天上飞满风筝的情形，想到空山中歌唱的黄鹂，想到树木上累累的果实。由于最容易神往到种种屋外东西上去，反而常把处罚的痛苦忘掉，处罚的时间忘掉，直到被唤起以后为止，我就从不曾在被处罚中感觉过小小冤屈。那不是冤屈。我应感谢那种处罚，使我无法同自然接近时，给我一个练习想象的机会。

家中对这件事自然照例不大明白情形，以为只是教师方面太宽的过失，因此又为我换一个教师。我当然不能在这些变动上有什么异议。现在说来我倒又得感谢我的家中，因为先前那个学校比较近些，虽常常绕道上学，终不是个办法，且因绕道过远，把时间耽误太久时，无可托词。现在的学校可真很远很远了，不必包绕偏街，我便应当经过许多有趣味的地方了。从我家中到那个新的学塾里去时，路上我可看到针铺门前永远必有一个老人戴了极大的眼镜，低下头来在那里磨针。又可看到一个伞铺，大门敞开，做伞时十几个学徒一起工作，尽人欣赏。又有皮靴店，大胖子皮匠天热时总腆出一个大而黑的肚皮(上面有一撮毛!)用夹板上鞋。又有剃头铺，任何时节总有人手托一个小小木盘，呆呆地在那里尽剃头师傅刮脸。又可看到一家染坊，有强壮多力的苗人，在凹形石碾上面，站得高高的，偏左偏右地摇荡。又有三家苗人打豆腐的作坊，小腰白齿头包花帕的苗妇人，时时刻刻口上都轻声唱歌，一面引逗缚在身背后包单里的小苗人，一面用放光的铜勺舀取豆浆。我还必须经过一个豆粉作坊，远远地就可听到骡子推磨隆隆的声音，屋顶棚架上晾满白粉条。我还得经过一些屠户肉案桌，可看到那些新鲜猪肉砍碎时尚在跳动不止。我还得经过一家扎冥器出租花轿的铺子，有白面无常鬼、蓝面魔鬼、鱼龙、轿子、金童玉女，每天且可以从他那里看出有多少人接亲，有多少冥器，那些定做的作品又成就了多少，换了些什么式样，并且还常常停顿一两分钟，看他们贴金，敷粉，涂色。

我就欢喜看那些东西，一面看一面明白了许多事情。

每天上学时，照例手肘上挂了那个竹篮，里面放两本破书，在家中虽不敢不穿鞋，可是一出了大门，即刻就把鞋脱下拿到手上，赤脚向学校走去。不管如何，时间照例是有多余的，因此我总得绕一节路玩玩。若从西城走去，在那边就可看到牢狱，大清早若干人从那方面戴了脚镣从牢中出来，派过衙门去挖土。若从杀人处走过，昨天杀的人还不收尸，一定已被野狗把尸首咋碎或拖到小溪中去了，就走过去看看那个糜碎了的尸体，或拾起一块小小石头，在那个污秽的头颅上敲打一下，或用一木棍去戳戳，看看会动不动。若还有野狗在那里争夺，就预先拾了许多石头放在书篮里，随手一一向野狗抛掷，不再过去，只远远地看看，就走开了。

既然到了溪边，有时候溪中涨了小小的水，就把裤管高卷，书篮顶在头上，一只手扶书篮一只手照料裤子，在沿了城根流去的溪水中走去，直到水深齐膝处为止。学校在北门，我出的是西门，又进南门，再绕从城里大街一直走去。在南门河滩方面我还可以看一阵杀牛，机会好时恰好正看到那老实可怜畜生放倒的情形。因为每天可以看一点点，杀牛的手续同牛内脏的位置不久也就被我完全弄清楚了。再过去一点儿就是边街，有织簟子的铺子，每天任何时节皆有几个老人坐在门前用厚背的钢刀破篾，有两个小孩子蹲在地上织簟子。（这种事情在学校门边也有，我对于这一行手艺，所明白的种种，现在说来似乎比写字还在行。）又有铁匠铺，制铁炉同风箱皆占据屋中，大门永远敞开着，时间即或再早一些，也可以看到一个小孩子两只手拉着风箱横柄，把整个身子的分量前倾后倒，风箱于是就连续发出一种吼声，火炉上便放出一股臭烟同红光。待到把赤红的热铁拉出搁放到铁砧上时，这个小东西，赶忙舞动细柄铁锤，把铁锤从身背后扬起，在身面前落下，火花四溅地一下一下打着。有时打的是一把刀，有时打的是一件农具。有时看到的又是用一把凿子在未淬水的刀上起去铁皮，有时又是把一条薄薄的钢片嵌进熟铁里去。日子一多，关于任何一件机器的制造程序我也不会弄错了。边街又有小饭铺，门前有个大竹筒，插满了用竹子削成的筷子，有干鱼同酸菜，用钵头装满放在门前柜台上，引诱主顾上门，意思好像是说："吃我，

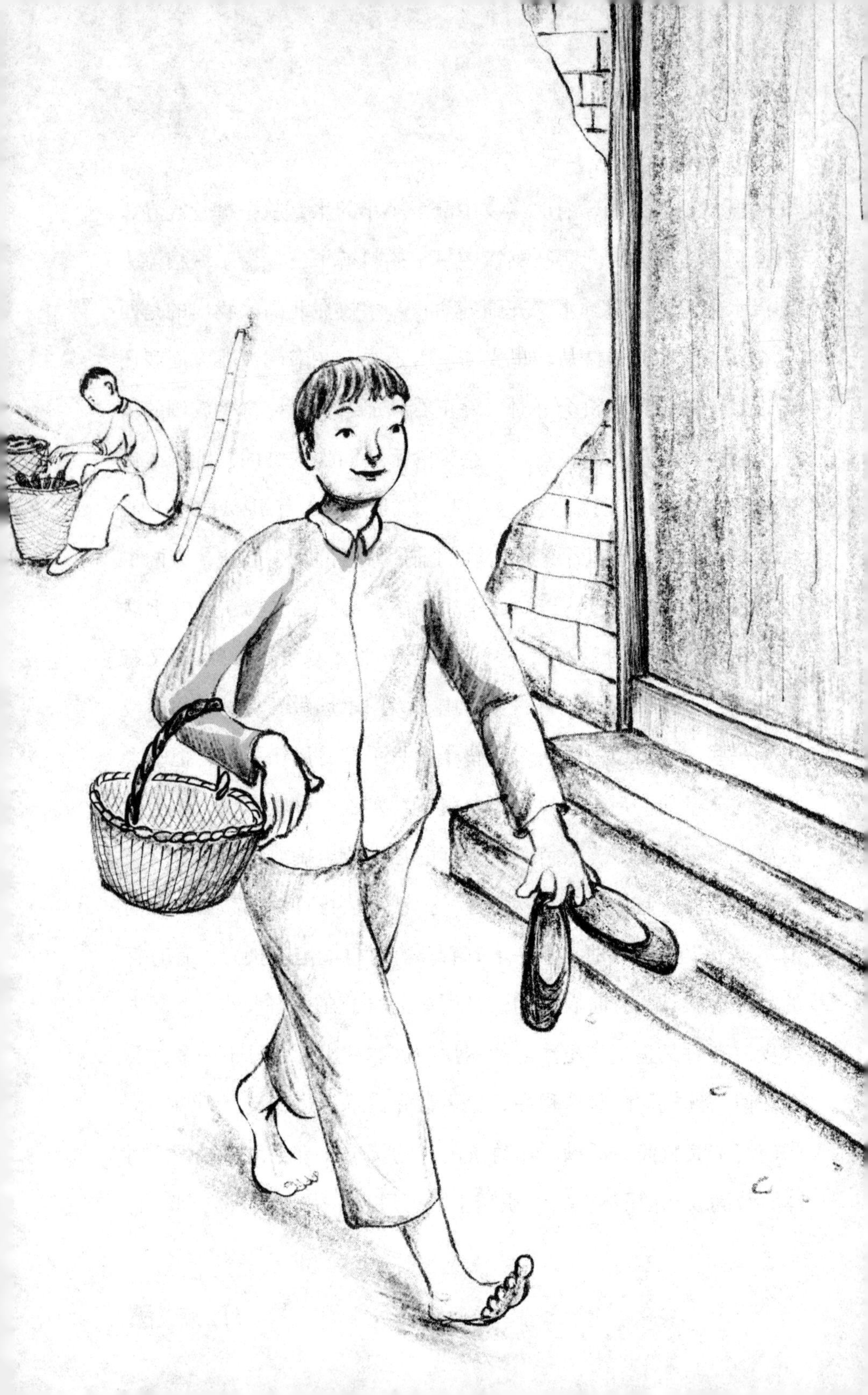

随便吃我,好吃!"每次我总仔细看看,真所谓过屠门而大嚼。

我最欢喜天上落雨,一落了小雨,若脚下穿的是布鞋,即或天气正当十冬腊月,我也可以用恐怕湿却鞋袜为辞,有理由即刻脱下鞋袜赤脚在街上走路。但最使人开心事,还是落过大雨以后,街上许多地方已被水所浸没,许多地方阴沟中涌出水来,在这些地方照例常常有人不能过身,我却赤着两脚故意向深水中走去。若河中涨了点水,照例上游会漂流得有木头、家具、南瓜同其他东西,就赶快到横跨大河的桥上去看热闹。桥上必已经有人用长绳系了自己的腰身,在桥头上待着,注目水中,有所等待,看到有一段大木或一件值得下水的东西浮来时,就踊身一跃,骑到那树上,或傍近物边,把绳子缚定,自己便快快地向下游岸边泅去。另外几个在岸边的人把水中人援助上岸后,就把绳子拉着,或缠绕到大石上大树上去,于是第二次又有第二人来在桥头上等候。我欢喜看人在洄水里扳罾,巴掌大的活鱼在网中蹦跳。一涨了水照例也就可以看这种有趣味的事情。照家中规矩,一落雨就得穿上钉鞋,我可真不愿意穿那种笨重钉鞋。虽然在半夜时有人从街巷里过身,钉鞋声音实在好听,大白天对于钉鞋我依然毫无兴味。

若在四月落了点小雨,山地里田塍上各处皆是蟋蟀声音,真使人心花怒放。在这些时节,我便觉得学校真没有意思,简直坐不住,总得想方设法逃学上山去捉蟋蟀。有时没有什么东西安置这小东西,就走到那里去,把第一只捉到手后又捉第二只,两只手各有一只后,就听第三只。本地蟋蟀原分春秋二季,春季的多在田间泥里草里,秋季的多在人家附近石罅里瓦砾中,如今既然这东西只在泥层里,故即或两只手心各有一只小东西后,我总还可以想方设法把第三只从泥土中赶出,看看若比较手中的大些,即开释了手中所有,捕捉新的,如此轮流换去,一整天方捉回两只小虫。城头上有白色炊烟,街巷里有摇铃铛卖煤油的声音,约当下午三点左右时,赶忙走到一个刻花板的老木匠那里去,很兴奋地同那木匠说:

"师傅师傅,今天可捉了大王来了!"

那木匠便故意装成无动于衷的神气,仍然坐在高凳上玩他的车盘,正眼也不看我地说:"不成,要打打得赌点输赢!"

我说:"输了替你磨刀成不成?"

"嗨,够了,我不要你磨刀,上次磨凿子还磨坏了我的家伙!"

这不是冤枉我的一句话,我上次的确磨坏了他的一把凿子。不好意思再说磨刀了,我说:

"师傅,那这样办法,你借给我一个瓦盆子,让我自己来试试这两只谁能干些好不好?"我说这话时真怪和气,为的是他以逸待劳,不允许我还是无办法。

那木匠想了想,好像莫可奈何的样子:"借盆子得把战败的一只给我,算作租钱。"

我满口答应:"那成那成。"

于是他方离开车盘,很慷慨地借给我一个泥罐子,顷刻之间我也就只剩下一只蟋蟀了。这木匠看看我捉来的虫还不坏,必向我提议:"我们来比比,你赢了,我借你这泥罐一天;你输了,你把这蟋蟀输给我,办法公平不公平?"我正需要那么一个办法,连说公平公平,于是这木匠进去了一会儿,拿出一只蟋蟀来同我一斗,不消说,三五回合我的自然又败了。他用的蟋蟀照例却常常是我前一天输给他的。那木匠看看我有点儿颓丧,明白我认识那只小东西,担心我生气时一摔,一面赶忙收盆罐,一面带着鼓励的神气笑笑地说:

"老弟,老弟,明天再来,明天再来!你应当捉好的来,走远一点儿,明天来,明天来!"

我什么话也不说,微笑着,出了木匠的大门,回家了。

这样一整天在为雨水泡软的田塍上乱跑,回家时常常全身是泥,家中当然一望而知,于是不必多说,沿老例跪一根香,罚关在空房子里,不许哭,不许吃饭。等一会儿我自然可以从姊姊方面得到充饥的东西,悄悄地把东西吃下以后,我也疲倦了,因此空房中即或再冷一点儿,老鼠来去很多,一会儿就睡着,再也不知道如何上床的事了。

即或在家中那么受折磨,到学校去时又免不了补挨一顿板子,我还是在想逃学时就逃学,决不为经验所恐吓。

有时逃学又只是到山上去偷人家园地里的李子枇杷,主人拿着长长的竹竿子大骂着追来时，就飞奔而逃，逃到远处一面吃那个赃物，一面还唱山歌气那主人。总而言之，人虽小小的，两只脚跑得很快，什么茨棚里钻去也不在乎，要捉我可捉不到，就认为这种事很有趣味。

可是只要我不逃学，在学校里我是不至于像其他那些人受处罚的。我从不用心念书，但我从不在应当背诵时节无法对付。许多书总是临时来读十遍八遍，背诵时节却居然朗朗上口，一字不遗。也似乎就由于这分小小聪明，学校把我同一般人的待遇，更使我轻视学校。家中不了解我为什么不想上进，不好好地利用自己聪明用功，我不了解家中为什么只要我读书，不让我玩。我自己总以为读书太容易了点，把认得的字记记那不算什么稀奇。最稀奇处应当是另外那些人，在他那份习惯下所做的一切事情。为什么骡子推磨时得把眼睛遮上？为什么刀得烧红时在水里一淬方能坚硬？为什么雕佛像的会把木头雕成人形，所贴的金那么薄又用什么方法做成？为什么小铜匠会在一块铜板上钻那么一个圆眼，刻花时刻得整整齐齐？这些古怪事情太多了。

我生活中充满了疑问，都得我自己去找寻解答。我要知道的太多，所知道的又太少，有时便有点儿发愁。就为的是白日里太野，各处去看，各处去听，还各处去嗅闻：死蛇的气味，腐草的气味，屠户身上的气味，烧碗处土窑被雨淋以后放出的气味，要我说来虽当时无法用言语去形容，要我辨别却十分容易。蝙蝠的声音，一只黄牛当屠户把刀剚进它喉中时叹息的声音,藏在田塍土穴中大黄喉蛇的鸣声,黑暗中鱼在水面拨剌的微声,全因到耳边时分量不同,我也记得那么清清楚楚。因此回到家里时,夜间我便做出无数稀奇古怪的梦。这些梦直到将近二十年后的如今,还常常使我在半夜里无法安眠,既把我带回到那个"过去"的空虚里去,也把我带往空幻的宇宙里去。

在我面前的世界已够宽广了,但我似乎就还得一个更宽广的世界。我得用这方面弄到的知识证明那方面的疑问。我得从比较中知道谁好谁坏。我得看许多业已由于好询问别人,以及好自己幻想,所感觉到的世界上的新鲜事情,新鲜东西。结果能逃学我逃学,不能逃学我就只好做梦。

照地方风气说来,一个小孩子野一点儿的,照例也必须强悍一点儿,因此各处方能跑去。各处跑去皆随时会有一样东西在无意中扑到你身边来,或是一只凶恶的狗,或是一个顽劣的人。无法抵抗这点袭击,就不容易各处自由放荡。一个野一点儿的孩子,即或身边不必时时刻刻带一把小刀,也总得带一削光的竹块,好好地插到裤带上;遇机会到时,就取出来当作军器。尤其是到一个离家较远的地方去看木傀儡戏,不准备厮杀一场简直不成。你能干点,单身往各处去,有人挑战时还只是一人近你身边来恶斗,若包围到你身边的顽童人数极多,你还可挑选同你精力不大相差的一人。你不妨指定其中之一个说:

"要打吗？你来。我同你来。"

到时也只那一个人拢来，被他打倒，你活该，只好伏在地上尽他压着痛打一顿。你打倒了他，他活该，你把他揍够后你当时可以自由走去，谁也不会追你，只不过说句"下次再来"罢了。

可是你根本上若就十分怯弱，即或结伴同行，到什么地方去时，也会有人特意挑出你来殴斗，应战你得吃亏，不答应你得被仇人与同伴两方面奚落，顶不经济。

感谢我那爸爸给了我一分勇气，人虽小，到什么地方去我总不吓怕。到被人围上必须打架时，我能挑出那些同我不差多少的人来，我的敏捷同机智，总常常占点上风。有时气运不佳，无意中被人摔倒，我还会有方法翻身过来压到别人身上去。在这件事上我只吃过一次亏，不是一个小孩，却是一只恶狗，把我攻倒后，咬伤了我一只手。我走到任何地方去皆不怕谁，同时又换了好些私塾，各处皆有些同学，并且互相皆逃过学，便有无数朋友，因此也不会同人打架了。可是自从被那只恶狗攻过一次以后，到如今我却依然十分怕狗。

至于我那地方的大人，用单刀在大街上决斗本不算回事。事情发生时，那些有小孩子在街上玩的母亲，也不过说："小杂种，站远一点儿，不要太近！"嘱咐小孩子稍稍站开点罢了。但本地军人互相砍杀虽不出奇，行刺暗算却不作兴。这类善于殴斗的人物，在当地另成一组，豁达大度，谦卑接物，为友报仇，爱义好施，且多非常孝顺。但这类人物为时代所陶冶，过后也就渐渐消灭了，虽有些青年军官还保存那点风格，风格中最重要的一点儿洒脱处却为了军纪一类影响，大不如前辈了。

我有三个堂叔叔，皆住在城南乡下，离城四十里左右。那地方名黄罗寨，出强悍的人同猛鸷的兽，我爸爸三岁时在那里差一点儿险被老虎咬去，我四岁左右，到那里第一天，就看见乡下人抬了一只死虎进城，给我留下极深刻的印象。

我还有一个表哥，住在城北十里地名长宁哨的乡下，从那里再过十里便是苗乡。表哥是一个紫色脸膛的人，一个守碉堡的战兵。我四岁时被他带到乡下去过了三天，十年后还记得那个小小城堡黄昏来时鼓角的声音。

这战兵在苗乡有点儿势力，很能喊叫一些苗人。每次来城时，必为我带只小鸡或一点儿别的东西。一来为我说苗人故事，临走时我总不让他走。我欢喜他，觉得他比乡下叔父有趣。

我上许多课仍然不放下那一本大书

我改进了新式小学后,学校不背诵经书,不随便打人,同时也不必成天坐在桌边,每天不只可以在小院子中玩,互相扭打,先生见及,也不加以约束,七天照例又还有一天放假,因此我不必再逃学了。可是在那学校照例也就什么都不曾学到。每天上课时照例上上,下课时就遵照大的学生指挥,找寻大小相等的人,到操坪中去打架。一出门就是城墙,我们便想法爬上城去,看城外对河的景致。上学散学时,便如同往常一样,常常绕了多远的路,去看看那些木工手艺人新雕的佛像贴了多少金。看看那些铸钢犁的人,一共出了多少新货。或者什么人家孵了小鸡,也常常不管远近必跑去看看。一到星期日,我在家中写了十六个大字后,就一溜出门,一直到晚,方回家中。

半年后家中母亲相信了一个亲戚的建议,以为应从城内第二初级小学换到城外第一小学,这件事实行后更使我方便快乐。新学校临近高山，校屋前后各处是树，同学又多，当然十分有趣。到这学校我仍然什么也不学得，字也不认多少，可是我倒学会了爬树。几个人一下课就各自拣选一株合抱大梧桐树，看谁先爬到顶。我从这方面便认识约三十种树木的名称。因为爬树有时跌下或扭伤了脚，拉破了手，就跟同学去采药，又认识了十来种草药。我开始学会了钓鱼，总是上半天学钓半天鱼。我学会了采笋子，采蕨菜。后山上到春天各处是兰花，各处是可以充饥解渴的刺莓，在竹篁里且有无数雀鸟，我便跟他们认识了许多雀鸟且认识许多果树。去后山约一里左右，又有一个制瓷器的大窑，我们便常常到那里去看人制造一切瓷器，看一块白泥在各样手续下成为一个饭碗，或一件别种用具的情形。

学校环境使我们在校外所学的实在比校内课堂上多十倍，但在学校也学会了一件事，便是各人用刀在座位板下镌雕自己的名字。又因为学校有做手工的白泥，我们却用白泥摹塑教员的肖像，且各为取一怪名。绵羊、耗子、老土地菩萨，还有更古怪的称呼！在这些事情上我的成绩照例比学校功课好一点儿，但自然不能得到任何奖励。

照情形看来，我已不必逃学，但学校既不严格，四个教员恰恰又有我两个表哥在内，想要到什么地方去时，我便请假。看戏请假，钓鱼请假，甚至于几个人到三里外田坪中去看人割禾，也向老师请假。

那时我家中每年还可收取租谷三百石左右,到秋收时,我便同叔父或其他年长亲戚,往二十里外的乡下去,督促佃夫和临时雇来的工人割禾。等到田中成熟禾穗已空,新谷装满白木浅缘方桶时,便把新谷倾倒到大晒谷簟上来,与佃夫相对平分,其一半应归佃夫所有的,由他们去处置,我们把我家应得那一半,雇人押运回家。在那里最有趣处是可以辨别各种禾苗,认识各种害虫,学习捕捉蚱蜢、分别蚱蜢。同时学用鸡笼去罩捕水田中的肥大鲤鱼、鲫鱼,把鱼捉来即用黄泥包好塞到热灰里去煨熟分吃。又向佃户家讨小小斗鸡,且认识种类,准备带回家来抱到街上去寻找别人公雏作战。又从农家小孩处学习抽稻草心织小篓小篮,剥桐木皮做卷筒哨子,用小竹子做唢呐。有时捉得一个刺猬,有时打死一条大蛇,又有时还可跟叔父让佃户带到山中去,把雉媒抛出去,吹呼哨招引野雉,鸟枪里装上一把散碎铁砂同黑色土药,猎取这华丽骄傲的禽鸟。

为了打猎,秋末冬初我们还常常去佃户家。我最欢喜的是猎取野猪同黄麂,看他们下围,跟着他们乱跑,有一次还被他们捆缚在一株大树高枝上,看他们把受惊的黄麂从树下追赶过去。我又看过猎狐,眼看着一对狡猾野兽在一株大树根下转,到后这东西便变成了我叔父的马褂。

学校既然不必按时上课,其余的时间我们还得想出几件事情来消磨,到下午三点才能散学。几个人爬上城去,坐在大铜炮上看城外风光,一面拾些石头奋力向河中掷去,这是一个办法。另外就是到操场一角砂地上去拿顶翻斤斗,每个人轮流来做这件事,不溜刷的便仿照技术班办法,在那人腰身上缚一条带子,两个人各拉一端,翻斤斗时用力一抬,日子一多,便无人不会翻斤斗了。

因为学校有几个乡下来的同学,身体壮大异常,便有人想出好主意,提议要这些乡下人装成马匹,让较小的同学跨到马背上去,同另一匹马上另一员勇将来作战,在上面扭成一团,直到跌下地后为止。这些做马匹的同学,总照例非常忠厚可靠,在任何情形下皆不卸责。作战总有受伤的,不拘谁人头面有时流血了,就抓一把黄土,将伤口敷上,全不在乎似的。我常常设计把这些人马调度得十分如法,他们服从我的编排,比一匹真马还驯服规矩。

放学时天气若还早一些,几个人不是上城去坐,就常常沿了城墙走去。有时节出城去看看,有谁的柴船无人照料,看明白了这只船的的确确无人时,几人就匆忙跳上了船,很快地向河中心划去。等一会儿那船主人来时,若在岸上和和气气地说:

"兄弟,兄弟,你们把船划回来。我得回家!"

遇到这种和平人时,我们也总得十分和气把船划回来,各自跳上了岸,让人家上船回家。若那人性格暴躁点,一见自己小船为一群胡闹的小将把它送到河中打着圈儿转,心中十分愤怒,大声地喊骂,说出许多恐吓无理的野话,那我们便一面回骂着,一

到北海去

面快快地把船向下游流去，尽他叫骂也不管他，到下游时几个人上了岸，就让这船搁在浅滩上不再理会了。有时刚上船坐定，即刻便被船主人赶来，那就得有一份儿担当经验了。船主照例知道我们受不了什么簸荡，抢上船头，把身体故意向左右连续倾侧不已，因此小船就在水面胡乱颠簸，一个无经验的孩子担心身体会掉到水中去，必惊骇得大哭不已。但有了经验的人呢，你估计一下，先看看是不是逃得上岸，若已无可逃避，那就好好地坐在船中，尽那乡下人的磨炼，拼一身衣服给水湿透，你不慌不忙，只稳稳地坐在船中，不必作声告饶，也不必恶声相骂，过一会儿那乡下人看看你胆量不小，知道用这方法吓不了你，他就会让你明白他的行为不过是一种带恶意的玩笑，这玩笑到时应当结束了，必把手叉上腰边，向你微笑，抱歉似的微笑。

"少爷，够了，请你上岸！"

于是几个人便上岸了。有时不凑巧，我们也会为人用小桨竹篙一路追赶着打我们，还一路骂我们，只要逃走远一点点，用什么话骂来，我们照例也就用什么话骂回去，追来时我们又很快地跑去。

那河里有鳜鱼，有鲫鱼，有小鲇鱼，钓鱼的人多向上游一点儿走去。隔河是一片苗人的菜园，不涨水，从跳石上过河，到菜园里去看花买菜心吃的次数也很多。河滩上各处晒满了白布同青菜，每天还有许多妇人背了竹笼来洗衣，用木棒杵在流水中捶打，回声訇訇地从东城墙脚下应出。

天热时，到下午四点以后，满河中都是赤光光的身体。有些军人好事爱玩，还把小孩子、战马、看家的狗，同一群鸭雏，全部都带到河中来。有些人父子数人同来。大家皆在激流清水中游泳，不会游泳的便把裤子泡湿，扎紧了裤管，向水中急急地一兜，捕捉了满满的一裤空气，再用带子捆好，便成了极合用的水马，有了这东西，即或全不会漂浮的人，也能很勇敢地向水深处泅去。到这种人多的地方，照例不会被水淹死的，一出了什么事，大家皆很勇敢地救人。

我们洗澡可常常到上游一点儿去，那里人既很少，水又极深，对我们才算合适。这件事自然得瞒着家中人。家中照例总为我担忧，唯恐一不小心就会为水淹死。每天下午既无法禁止我出去玩，又知道下午我不会到米厂上去同人赌骰子，那位对于管拘我侦察我十分负责的大哥，照例一到饭后我出门不久，他也总得到城外河边一趟。人多时不能从人丛中发现我，就沿河去注意我的衣服，在每一堆衣服上来一分注意，一见到我的衣服，一句话不说，就拿起来走去，远远地坐到大路上，等候我要穿衣时来同他会面。衣裤既然在他手上，我不能不见他了，到后只好走上岸来，从他手上把衣服取到手，两人沉沉默默地回家，回去不必说什么，只准备一顿打。可是经过两次教训后，我即或仍然在河中洗澡，也就不至于再被家中人发现了。我可以搬些石头把衣压着，只要一看到他从城门洞边大路走来时，必有人告给我，我就快快地泅到河中去，向天仰卧，把全身泡在水中，只浮出一张脸一个鼻孔来，尽岸上那一个搜索也不会得到什么结果。有些人常常同我在一处，哥哥认得他们，看到了他们时，就唤他们：

"熊澧南，印鉴远，你见我兄弟吗？"

那些同学便故意大声答着：

"我们不知道，你不看看衣服吗？"

"你们不正是成天在一堆胡闹吗？"

"是啊，可是现在谁知道他在哪一片天底下？"

"他不在河里吗？"

"你不看看衣服吗？不数数我们的数目吗？"

这好人便各处望望，果然不见我的衣裤，相信我那朋友的答复不是句谎话，于是站在河边欣赏了一阵河中景致，又弯下腰拾起两个放光的贝壳，用他那双常若含泪发愁的艺术家眼睛赏鉴了一下，或坐下来取出速写簿，随意画两张河景的素描，口上嘘嘘打着呼哨，又向原来那条路上走去了。等他走去以后我们便来模仿我这个可怜的哥哥，互相反复着前后那种答问。"熊澧南，印鉴远，看见我兄弟吗？""不知道，不知道，你自己不看看这里一共有多少衣服吗？""你们成天在一堆！""是啊！成天在一堆，可是谁知道他现在到哪儿去了呢？"于是互相浇起水来，直到另一个逃走方能完事。

有时这好人明知道我在河中,当时虽无法擒捉,回头却常常隐藏在城门边,坐在苗妇人小茅棚里,很有耐心地等待着,等到我十分高兴地从大路上同几个朋友走近身时,他便风快地同一只公猫一样,从那小棚中跃出,一把攫住了我衣领。于是同行的朋友就大嚷大笑,伴送我到家门口,才自行散去,不过这种事也只有三两次,我从经验上既知道这一着棋时,我进城时便常常故意慢一阵,有时且绕了极远的东门回去。

我人既长大了些,权利自然也多些了,在生活方面我的权利便是即或家中明知我下河洗了澡,只要不是当面被提,家中可不能用爬搔皮肤方法决定我的应否受罚了。同时我的游泳自然也进步多了,我记到我能在河中来去泅过三次,至于那个名叫熊澧南的,却大约能泅过五次。

下河的事若在平常日子,多半是晚饭以后才去。如遇星期日,则常常几人先一天就邀好,过河上游一点儿棺材潭的地方去,泡一个整天,泅一阵水又摸一会儿鱼,把鱼从水中石底捉得,就用枯枝在河滩上烧来当点心。有时那一天正当附近十里二十里苗乡场集,就空了两只手跑到那地方去,玩一个半天。到了场上后,过卖牛处看看他们讨论价钱的样子,又过卖猪处看看那些大猪小猪,又到赌场上去看看那些乡下人一只手抖抖地下注,替别人担一阵心。又到卖山货处去,用手摸摸那些豹子老虎的皮毛,且听听他们谈到猎取这野物的种种经验。又到卖鸡处去,欣赏欣赏那

到北海去

些大鸡小鸡，我们皆知道什么鸡战斗时厉害，什么鸡生蛋极多。我们且各自把那些斗鸡毛色记下来，因为这些鸡照例当天全将为城中来的兵士和商人买去，五天以后就会在城中斗鸡场出现。我们间或还可在敞坪中看苗人决斗，用扁担或双刀互相拼命。小河边到了场期，照例来了无数小船，无数竹筏，竹筏上且常常有长眉秀目脸儿极白的青年苗族女人，用绣花大衣袖掩着口笑，使人看来十分舒服。我们来回走二三十里路，各个人两只手既是空空的，因此在场上什么也不能吃。间或谁一个人身上有一两枚铜圆，就到卖狗肉边去割一块狗肉，蘸些盐水，平均分来吃吃。或者无意中谁一个在人丛中碰着了一位亲长，被问道："吃过点心吗？"大家正饿着，互相望了会儿，羞羞怯怯地一笑。那人知道情形了，便说："这成吗？不喝一杯还算赶场吗？"到后自然就被拉到狗肉摊边去，切一斤两斤肥狗肉，分割成几大块，各人来那么一块，蘸了盐水往嘴上送。

　　机会不好不曾碰到这么一个慷慨的亲戚，我们也依然不会瘪着肚皮回家。沿路有无数人家的桃树李树，果实全把树枝压得弯弯的，等待我们去为它们减除一分负担！还有多少黄泥田里，红萝卜大得如小猪头，没有我们去吃它，赞美它，便始终委屈在那深土里！除此以外，路塍上无处不是莓类同野生樱桃，大道旁无处不是甜滋滋的枇杷，无处不可得到充饥果腹的东西。口渴时无处不可以随意低下头去喝水。即或任何东西没得吃，我们还是十分高兴，就为的是乡场中那一派空气，一阵声音，一分颜色，以及在每一处每一项生意人身上发出那一股臭味，就够使我们觉得满意！我们用各样官能吃了那么多东西，即使不再用口来吃喝也很够了。

到场上去我们还可以看各样水碾水碓，并各种形式的水车。我们必得经过好几个榨油坊，远远地就可以听到油坊中打油人唱歌的声音。一过油坊时便跑进去，看看那些堆积如山的桐子，经过些什么手续才能出油。我们只要稍稍绕一点儿路，还可以从一个造纸工作场过身，在那里可以看他们利用水力捣碎稻草同竹篾；用细篾帘子勺取纸浆做纸。我们又必须从一些造船的河滩上过身，有万千机会看到那些造船工匠在太阳下安置一只小船的龙骨，或把粗麻头同桐油石灰嵌进缝罅里补治旧船。

总而言之，这样玩一次，就只一次，也似乎比读半年书还有益处。若把一本好书同这种好地方尽我拣选一种，直到如今我还觉得不必看这本用文字写成的小书，却应当去读那本用人事写成的大书。

我不明白我为什么就学会了骰子，大约还是因为每早上买菜，总可剩下三五个小钱，让我有机会傍近用骰子赌输赢的糕类摊上面，起始当三五个人蹲到那些戏楼下，把三粒骰子或四粒骰子或六粒骰子抓到手中，奋力向大土碗掷去，跟着它的变化喊出种种专门名词时，我真忘了自己也忘了一切。那富于变化的六骰子赌，七十二种"快""臭",一眼间我皆能很得体地喊出它的得失。谁也不能在我面前占去便宜,谁也骗不了我。自从精明这一项事情以后,我家里这一早上若派我出去买菜,我就把买菜的钱去做注,同一群小无赖在一个有天棚的米厂上玩骰子,赢了钱自然全部买东西吃,若不巧全输掉时,就跑回来悄悄地进门找寻外祖母,从她手中把买菜的钱得到。

但这是件冒险的事,家中知道后可得痛打一顿,因此赌虽然赌,总只下一个铜子的注,赢了拿钱走去。输了也不再来,把菜少买些,总可敷衍下去。

由于赌术精明我不大担心我输赢。我倒最希望玩个半天结果无输无赢。我所担心的只是正玩得十分高兴,忽然后领一下子为一只强硬有力的手攫定,一个哑哑的声音在我耳边响着:

"这一下捉到你了,这一下捉到你了!"

先是一惊,想挣扎可不成。既然捉定了,不必回头,我就明白我被谁捉到,且不必猜想,我就知道我回家去应受些什么款待,于是提了菜篮让这个仿佛生下来给我作对的人把我揪回去。这样过街可真无脸面,因此不是请求他放和平点抓着我一只手,总是在他不着意的情形下,忽然挣脱先行跑回家去,准备他回来时受罚。

每次在这件事上我受的罚都似乎略略过分了些,总是把一条绣花的白腰带缚定两手,系在空谷仓里,用鞭子打几十下,上半天不许吃饭，或是整天不许吃饭。亲戚中看到觉得十分可怜，便以为哥哥不应当这样虐待弟弟。但这样不顾脸面地去同一些乞丐赌博，给了家中多少气恼，我是不知道的。

我从那方面学会了些下等野话，在亲戚中身份似乎也就低了些。只是当十五年后，我能够用我各方面的经验写点故事时，这些粗话野话，却给了我许多帮助，增加了故事中人物的生命。

革命后本地设了女学校，我两个姊姊皆被送过女学校读书。我那时也欢喜过女学校去玩，就因为那地方有些新奇的东西。学校外边一点儿，有个做小鞭炮的作坊，从起始用一根细钢条，卷上了纸，送到木机上一搓，吱的一声就成了空心的小管子，再如何经过些什么手续，便成了燃放时叭的一声的小爆仗，被我看得十分熟习。我借故去瞧姊姊时总在那里看他们工作。我还可看他们烘焙火药，碓舂木炭，筛硫黄，配合火药的原料，因此明白制烟火用的药同制爆仗用的药，硫黄的分配分量如何不同。这些知识远比学校读的课本有用。

一到女学校时，我必跑到长廊下去，欣赏那些平时不易见到的织布机器。那些大小不一的机器钢齿轮互相衔接，一动它时全部皆转动起来，且发出一种异样陌生的声音，听来我总十分欢喜。我平时是个怕鬼的人，但为了欣赏这些机器，黄昏中我还敢在这逗留，直到她们大声呼喊各处找寻时，我才从廊下跑出。

当我转入高小那年，我们那地方为了上年受蔡锷讨袁战事的刺激，感觉军队非改革不能自存，因此本地镇守署方面，设了一个军官团，前为道尹后改屯务处方面，也设了一个将弁学校。另外还有一个教练兵士的学兵营，一个教导队。小小的城里多了四个军事学校，一切皆用较新方式训练，地方因此气象一新。由于常常可以见到这类青年学生结队成排在街上走过，本地的小孩以及一些小商人，皆觉得学军事较有意思。有人与军官团一个教官做邻居的，要他在饭后课余教教小孩子，先在大街上练操，到后却借了附近的军官团操场使用，顷刻之间便召集了一百人左右。

有同学在里面受过训练来的，精神比起别人来特别强悍，明显不同于一般同学。我们觉得奇怪。这同学就告我们一切，且问我愿不愿意去。并告我到里面后，每两月可以考选一次，配吃一份口粮，做守兵战兵的，就可以补上名额当兵。在我生长那个地方，当兵不是耻辱。本地的光荣原本是从过去无数男子的勇敢搏来的。谁都希望当兵，因为这是年轻人一条出路，也正是年轻人唯一的出路。同学说及进技术班时，我就答应试来问问我的母亲，看看母亲的意见，这将军的后人是不是仍然得从步卒出身。

那时节我哥哥已过热河找寻父亲去了，我因不受拘束，生活已日益放肆，母亲正想不出处置我的方法，因此一来，将军后人就决定去做兵役的候补者了。

过节和观灯

端午给我的特别印象

说起过节和观灯,每人都有份不同的经验。

中国是世界上一个大国,地面广、人口多、历史长,分布全国各民族语言文化风俗习惯又不一样,所以一年四季就有许多种节日,使用不同方式,分别在山上、水边、乡村、城镇举行。属于个人的且家家有份。这些节日影响到衣食住行各方面,丰富人民生活的内容,扩大历史文化的面貌,也加深了民族团结的感情。一般吃的如年糕、粽子、月饼、腊八粥,玩的如花炮、焰火、秋千、风筝、灯彩、陀螺、兔儿爷、胖阿福,穿戴的如虎头帽、猫猫鞋、做闹龙舟和百子观灯图的衣裙、坎肩、涎围和围裙……就无一不和节令密切相关。较古节日已延长了两三千年,后起的也有千把年历史,经史等古籍中曾提起它种种来历和举行的仪式。大多数节日常和农事生产相关,小部分则由名人故事或神话传说而来,因此有的虽具全国性,依旧会留下些区域特征。比如为纪念屈原的五月端阳，包粽子，悬蒲艾，戴石榴花，虽然已成全国习惯，但南方的龙舟竞渡，给青年、妇女及小孩子带来的兴奋和快乐，就绝不是生长在北方平原的人所能想象的！

大江以南，凡是有河流可通船舶处，无论大城小市，端午必照例举行赛船。这些特制龙船多窄而长，有的且分五色，头尾高张，转动十分灵便。平时搁在岸上，节日来临前，才由二三十个特选少壮青年，在鞭炮轰响、欢笑呼喊中送请下水。初五叫小端阳，十五叫大端阳，正式比赛或由初三到初五，或由初五到十五。沅水流域的渔家子弟，白天玩不尽兴，晚上犹继续进行，三更半夜后，住在河边的人从睡梦中醒来时，还可听到水面飘来蓬蓬当当的锣鼓声。近年来我的记忆力日益衰退，可是四十多年前在一条六百里长的沅水和五个支流一些大城小镇度过的端阳节，由于乡情风俗热烈活泼，将近半个世纪，种种景象在记忆中还明朗清楚，不褪色，不走样。

因此还可联想起许多用"闹龙舟"做题材的艺术品。较早出现的龙舟，似应数敦煌壁画，东王公坐在上面去会西王母，云游远方，象征"驾六龙以驭天"。画虽成于北朝人手，最先稿本或可早到汉代。其次是《洛神赋图卷》也有个相似而不同的龙舟，仿佛"驾玉虬而偕逝"情形，作为曹植对洛神的眷恋悬想。虽历来当作晋代大画家顾恺之手笔，产生时代又可能较晚些。还有个长及数丈元明人传摹唐李昭道①《阿房宫图卷》，也有几只装饰华美的龙凤舟，在一派清波中从容荡漾，和结构宏伟建筑群相呼应。只是这些龙舟有的近于在水云中游行的无轮车子，有的又和五月端阳少直接关系。由宋到清，比较著名的画还有张择端②《金明争标图》，宋人《龙舟图》，元人王振鹏③《龙舟竞渡图》，宋人《西湖竞渡图》，明人《龙舟竞渡图》……画幅虽不大，作得都相当生动美丽，反映出部分历史真实。故宫收藏清初十二月令画轴《五月端阳龙舟图》，且画得格外华美热闹。

此外明清工人用象牙、竹木和红雕填漆做的龙船，也有工艺精巧绝伦的。至于应用到生活服用方面，实无过西南各省民间挑花刺绣；被面、帐檐、门帘、枕帕、围裙、手巾、头巾和小孩子穿的坎肩、涎围，戴的花帽，经常都把"闹龙舟"做主题，加以各种不同艺术表现，做得异常精美出色。当地妇女制作这些刺绣时，照例必把个人节日欢乐的回忆，做新嫁娘做母亲对于家庭的幸福愿望，对于儿女的热爱关心，连同彩色丝线交织在图案中。闹龙舟的五彩版画，也特别受农村中和长年寄居在渔船上货船上的妇孺欢迎，能引起他们种种欢乐回忆和联想。

---

① 李昭道：唐代画家，擅长青绿山水。
② 张择端：北宋画家，专攻界画官室，尤擅绘舟车、市肆、桥梁、街道、城郭。存世作品有《清明上河图》。
③ 王振鹏：元代画家，擅宫廷界画和人物画。

记忆中的云南跑马节

还有特具地方性的跑马节，是在云南昆明附近乡下跑马山下举行的。这种聚集了近百里内四乡群众的盛会，到时百货云集，百艺毕呈，对于外乡人更加开眼。不仅引人兴趣，也能长人见闻。来自四乡载运烧酒的马驮子，多把酒坛连驮架就地卸下，站在一旁招徕主顾，并且用小竹筒不住舀酒请人品尝。有些上点年纪的人，阅兵点将一般，到处走去，点点头又摇摇头，平时若酒量不大，绕场一周，也就不免给那喷鼻浓香酒味熏得摇摇晃晃有个三分醉意了。各种酸甜苦辣吃食摊子，也都富有云南地方特色，为外地所少见。妇女们高兴的事情，是城乡第一流银匠到时都带了各种新样首饰，选平敞地搭个小小布棚，展开全部场面，就地开业，煮、炸、搥、钻、吹、镀、嵌、接，显得十分热闹。卖土布鞋面枕帕的，卖花边阑干、五色丝线和胭脂水粉香胰子的，都是专为女主顾而准备。文具摊上经常还可发现木刻《百家姓》和其他老式启蒙读物。

大家主要兴趣自然在跑马，特关心本村的胜败，和划龙船情形相差不多。我对于赛马兴趣并不大。云南马骨架多比较矮小，近于古人说的"果下马"，平时当坐骑，爬山越岭腰力还不坏，走夜路又不轻易失蹄。在平川地做小跑，钻子步走来匀称稳当，也显得蛮有精神。可是当时我实另有会心，只希望从那些装备不同的马背上，发现一点儿"秘密"。因为我对于工艺美术有点儿常识，漆器加工历史有许多问题还未得解决。读唐宋人笔记，多以为"犀皮漆"做法来自西南,系由马鞍鞯涂漆久经摩擦而成。"波罗漆"即犀皮中一种,"波罗"由樊绰《蛮书》①得知即老虎别名,由此可知波罗漆得名便在南方。但是缺少从实物取证,承认或否认仍难肯定。我因久住昆明滇池边乡下,平时赶火车入城,即曾经从坐骑鞍桥上发现有各种彩色重叠的花斑,证明《因话录》②等记载不是全无道理。所谓秘密,就是想趁机会在那些来自四乡装备不同的马背上,再仔细些探索一下究竟。结果明白不仅有犀皮漆云斑,还有五色相杂牛毛纹,正是宋代"绮纹刷丝漆"的做法。至于宋明铁错银马镫,更是随处可见。云南本出铜漆,又有个工艺传统,马具制作沿袭较古制度,本来极平常自然。可是这些小发现,对我说来却意义深长,因为明白"由物证史"的方法,此后应用到研究物质文化史和工艺图案发展史,都可得到不少新发现。当时在人马群中挤来钻去,十分满意,真正应和了古人说的"相马于牝牡骊黄之外"。但过不多久,更新的发现,就把我引诱过去,认为从马背上研究老问题,不免近于卖呆,远不如从活人中听听生命的颂歌为有意思了。

原来跑马节还有许多精彩的活动,在另外一个斜坡边,比较僻静长满小小马尾松林子和荆条丛生的地区,那里到处有一簇簇

---

① 樊绰《蛮书》:樊绰,唐朝人。《蛮书》,亦名《云南志》《云南记》《南蛮记》《云南史记》《南夷志》,为研究云南各民族历史地理的重要史料。
② 《因话录》:笔记,唐赵璘撰,记载唐人遗闻逸事。

年轻男女在对歌，也可说是"情绪跑马"，热烈程度绝不下于马背翻腾。云南本是个诗歌的家乡，路南和迤西歌舞早著名全国。这一回却更加丰富了我的见闻。

这是种生面别开的场所，对调子的来自四方，各自蹲踞在松树林子和灌木丛沟凹处，彼此相去虽不多远，却互不见面。唱的多是情歌酬和，却有种种不同方式，或见景生情，即物起兴，用各种丰富譬喻，比赛机智才能。或用提问题方法，等待对方答解。或互嘲互赞，随事押韵，循环无端。也唱其他故事，贯穿古今，引经据典，当事人照例一本册，滚瓜熟，随口而出。在场的既多内行，开口即见高低，含糊不得。所以不是高手，也不敢轻易搭腔。那次听到一个年轻妇女一连唱败了三个对手，逼得对方哑口无言，于是轻轻地打了个吆喝，表示胜利结束，从荆条丛中站起身子，理理发，拍拍绣花围裙上的灰土，向大家笑笑，意思像是说："你们看，我唱赢了。"显得轻松快乐，拉着同行女伴，走过江米酒担子边解口渴去了。

这种年轻女人在昆明附近村子中多得是。性情明朗活泼，劳动手脚勤快，生长得一张黑中透红枣子脸，满口白白的糯米牙，穿了身毛蓝布衣裤，腰间围个钉满小银片扣花葱绿布围裙，脚下穿双云南乡下特有的绣花透孔鞋，油光光辫发盘在头上。不仅唱歌十分在行，大年初一和同伴各个村子里去打秋千，用马皮做成三丈来长的秋千条，悬挂在高树上，蹬个十来下就可平梁，还悠游自在若无其事!

在昆明乡下,一年四季早晚,本来都可以听到各种美妙有情的歌声。由呈贡赶火车进城,向例得骑一匹老马,慢吞吞地走十里路。有时赶车不及还得原骑退回。这条路得通过些果树林、柞木林、竹子林和几个有大半年开满杂花的小山坡。马上一面欣赏土坎边的粉蓝色报春花,在轻和微风里不住点头,总令人疑心那个蓝色竟像是有意模仿天空而成的;一面就听各种山鸟呼朋唤侣,和身边前后三三五五赶马女孩子唱的各种本地悦耳好听山歌。有时面前三五步路旁边,忽然出现个花茸茸的戴胜鸟,蠢起头顶花冠,瞪着个油亮亮的眼睛,好像对于唱歌也发生了兴趣,征询我的意见,经赶马女孩子一喝,才扑着翅膀掠地飞去。这种鸟大白天照例十分沉默,可是每在晨光熹微中,却欢喜坐在人家屋脊上,"郭公郭公"反复叫个不停。最有意思的是云雀,时常从面前不远草丛中起飞,扶摇盘旋而上,一面不住唱歌,向碧蓝天空中钻去,仿佛要一直钻透蓝空。伏在草丛中的云雀群,却带点鼓励意思相互应和。直到穷目力看不见后,忽然又像个小流星一样,用极快速度下坠到草丛中,和其他同伴会合,于是另外几只云雀又接着起飞。赶马女孩子年纪多不过十四五岁,嗓子通常并没经过训练,有的还发哑带沙,可是在这种环境气氛里,出口自然,不论唱什么,都充满一种淳朴本色美。

大伙儿唱得最热闹的叫"金满斗会",有一次由村子里人发

到北海去

起举行，到时候住处院子两楼和那道长长屋廊下，集合了乡村男女老幼百多人，六人围坐一桌，足足坐满了三十来张矮方桌，每桌各自轮流低声唱《十二月花》，和其他本地好听曲子。声音虽极其轻柔，合起来却如一片松涛，在微风荡动中舒卷张弛不定，有点儿龙吟凤哕意味。仅是这个唱法就极其有意思，唱和相续，一连三天才散场。来会的妇女占多数，和逢年过节差不多，一身收拾得清洁索利，头上手中到处是银光闪闪，使人不敢认识。我以一个客人身份挨桌看去，很多人都像面善，可叫不出名字。随后才想起这里是村子口摆小摊卖酸泡梨的，那里有城门边挑水洗衣的，此外打铁箍桶的工匠，小杂货商店的管事，乡村土医生和阉鸡匠，更多的自然是赶马女孩子和不同年龄的农民和四处飘乡趁集卖针线花样的老太婆，原来熟人真不少！集会表面说辟疫免灾，主要作用还是传歌。由老一代把记忆中充满智慧和热情的东西，全部传给下一辈。反复唱下去，到大家熟习为止。因此在场年老人格外兴奋活跃，经常每桌轮流走动。主要作用既然在照规矩传歌，不问唱什么都不犯忌讳。就中最当行出色是一个吹鼓手，年纪已过七十，牙齿早脱光了，却能十分热情整本整套地唱下去。除爱情故事，此外嘲烟鬼，骂财主，样样在行，真像是一个"歌库"（这种人在我们家乡则叫作歌师傅）。小时候常听老太婆口头语："十年难逢金满斗。"意思是盛会难逢，参加后才知道原来如此。

　　同是唱歌，另外有种抒情气氛，而且背景也格外明朗美好，即跑马节跑马山下举行的那种会歌。

西南原是诗歌的家乡,我听到的不过是极小范围内一部分而已。新中国成立后人民自己当家做主,生活日益美好,心情也必然格外欢畅,新一代歌手都一定比三五十年前更加活泼和热情。唱歌选手兼劳动模范,不是五朵金花,应当是万朵金花!

灯节的灯

元宵节主要是观灯。观灯成为一种制度,比较正确的记载,实起始于唐初,发展于两宋,来源则出于汉代燃灯祀太乙[①]。灯事迟早不一,有的由十四到十六,有的又由十五到十九。"灯市"得名并扩大作用,也是从宋代起始。论灯景壮丽,过去多以为无过唐宋。笔记小说记载,大都说宫廷中和贵族戚里灯彩奢侈华美的情况。

观灯有"灯市",唐人笔记虽记载过,正式举行还是从北宋汴梁起始,南宋临安续有发展,明代则集中在北京东华门大街以东八面槽一带。从《东京梦华录》[②]和其他记述,得知宋代灯市计五天,由十五到十九。事先必搭一座高大数丈的"鳌山灯棚",上面布置各种灯彩,燃灯数万盏。封建皇帝到这一天,照例坐了

[①] 太乙:道教神名。
[②] 《东京梦华录》:宋代孟元老的笔记体散记文,所记为汴京城市面貌、岁时物产风土习俗等。

一顶敞轿，由几个得力太监抬着，倒退行进，名叫"鹁鸽旋"，便于四面看人观灯。又或叫几个游人上前，打发一点儿酒食，旧戏中常用的"金杯赐酒"即由之而来。说的虽是"与民同乐"，事实上不过是这个皇帝久闭深宫，十分寂寞无聊，大臣们出些巧主意，哄着他开心遣闷而已。宋人笔记同时还记下许多灯彩名目，"琉璃灯"可说是新品种，不仅在富贵人家出现，商店中也起始用它来招引主顾，光如满月。"万眼罗"则用红百纱罗拼凑而成。至于灯棚和各种灯球的式样，有《宋人观灯图》和《宋人百子闹元宵图》，还为我们留下些形象材料。由此得知，明清以来反映到画幅上如《金瓶梅》《宣和遗事》和《水浒传》插图中种种灯景，和其他工艺品——特别是保留到明清锦绣图案中，百十种极其精美好看旁缀珠玉流苏的多面球形灯，基本上大都还是宋代传下来的式样。另外画幅上许多种鱼、龙、鹤、凤、巧作灯、儿童竹马灯、在地下旋转不停的滚灯，也由宋代传来。宋代"琉璃灯"和"万眼罗"，明代的"金鱼住水灯"，和用千百蛋壳做成的巧作灯，用冰做成的冰灯，式样做法虽已难详悉，至于明代有代表性实用新品种，"明角灯"和"料丝灯"实物还有遗存的。历史博物馆又还有个明代宫中行乐图，画的是宫中过年情形，留下许多好看宫灯式样。上面还有个松柏枝扎成挂八仙庆寿的鳌山灯棚，及灯节中各种杂剧活动，焰火燃放情况，并且还有一个乐队，一个"百蛮进宝队"，几个骑竹马灯演《三战吕布》戏文故事场面，画出好些明代北京民间灯节风俗面貌。货郎担推的小车,还和宋元人画的货郎图差不多,车上满挂各种小玩具和灯彩,货郎做一般小商人装束。照明人笔记说,这种种却是专为宫廷娱乐仿照市上风光预备的。

新的时代灯节已完全为人民所有,做灯器材也大不同过去,对于灯的要求又有了基本改变,节日即或依旧照时令举行,意义已大不相同了。

古代灯节不只是正月元宵,七月的中元,八月的中秋,也常有灯事。新中国成立后,则五一劳动节和十一国庆节,全国各处都无不有盛会庆祝。天安门前广场和人民大会堂的节日灯景,应说是极尽人间壮观。不仅是历史上少见,更重要还是人民亲手创造,又真正同享共有这一切。

关于天安门节日的灯火,已经有了许多好文章好报道。另外我记得特别亲切的,却是前后四个月施工期间,广场中那一片辉煌灯火。因为首都所有机关工作同志和万千市民,都曾经热情兴奋在灯火下,和工人、农民、解放军一道,为这个有历史性的广场和两旁宏伟建筑出过一把力。

从个人经验来说,新中国成立以后另外还有许多灯景,也这么具有历史意义,给我以深刻难忘印象。比如十三陵水库大坝落成前夕的灯,就是其中之一。

在修建这个水库时,我和作家协会几个同志前后曾到过四次:

第一次是初步开工,指挥所还设在山脚一个小村子里。第二次已开始在挖底,指挥所移到了大坝前小孤山。第四次是落成前一星期,大家正分别住在工地附近帐篷中,气候热得出奇。每天早晚除分别拜访劳动模范,照例必去工地看看工程进展。前一天还眼见各处是大小不一的土石堆,各处是搬运土石的车辆和人流,空中到处牵满了电线,地面到处有水管纵横。堤坝下边长链条的运石子机、拌和水泥机和堤上压路机、起重机,轰轰隆隆地响成一片。大坝虽在不断增高,到处都似乎还乱乱的,不像十天半月能完工。这天晚上我和几个同志又去看看时,才大吃一惊,原来不过一天工夫,工地全部已变了样子。所有机器全都不见了,一切土石堆打扫得干干净净、平平整整像个公园一样。堤坝下空落落的,堤坝上也无一个人,整个环境静得出奇。天上星月嵌在宁静蓝空中,也像是大了近了许多。正当我们到达坝上时,忽然间大坝下广场里十二万盏五色电灯齐明,让我们仿佛突然进到一个童话仙境里一般。我们就浮在这个闪烁不定的星海上,直到半夜。这种神奇动人的灯景,实在不是任何另外一时其他灯景能够代替的。第二天晚上,正式举行庆祝落成典礼时,约有二十万工人、农民和解放军及三百来个专业文艺团体及其他民间文艺队伍参加,在灯光下进行联欢演出。我们先是在堤坝上看了许久,随后又到堤下人丛中各处挤去。灯光下种种动人景象,也是无从让别的灯景代替的。十多年来,国家基本建设在全国范围内进行,亿万人民在党领导下完成了数不清的水库、桥梁、工厂、学校、万千座高楼大厦,每次欢庆落成典礼时,都必然有同样热烈的庆祝大会在灯火烛天热闹光景下举行,身遇其事的人,一定怀着和我们差不多的感情,留在记忆中的灯景,想忘记也忘记不了!

前年岁暮年末,我和作家协会几个同志,在革命圣地井冈山茨坪参观访问,正赶上青年干部下放参加山区建设四周年纪念日。这几百个年轻同志,都是四年前离开学校,响应党的号召、来自全国各地,上山建设新山区的新型知识分子,其中女性且占一半。此外还有井冈歌舞团全体,和来自瓷都景德镇的歌舞团全体。管理局朱局长,却生长在附近山村里,十多岁就参加了工农红军,跟随毛主席万里长征,现在又重新上山,领导青年建设新山区。八百多公尺高的茨坪,过去不到二十户人家,近来已有三十多座大小楼房。新落成的七层大厦,依山据胜,远望常在云雾中的井冈山顶峰,青碧明灭,变幻不测,近接群峰,如相互揖让。礼堂在革命博物馆附近,灯光下一个个年轻健康红润的脸孔,无不见出活泼中的坚韧,对于改变山区面貌,具有克服困难完成工作的信心。四年来,这些青年和当地人民、解放军战士一道参加公路、水电站及其他开荒生产建设取得的成就和自我思想改造的成就都十分显明。大会结束后,我们和歌舞团一群青年朋友回转招待所时,天已落了大雪,远近一片白茫茫。一面走一面想起红军刚上山来种种情形。在这种光景下,把国家过去、当前和未来贯穿起来,一切景象给我的教育意义,真是格外深长。这种灯景也是我一生难忘的。

由于新中国成立后有机会看到过这么一些背景各不相同壮丽庄严的灯景,从这些灯景中体会出国家在中国共产党的领导下,亿万人民真正当家做主后,通过有计划、有组织、有目的的长期劳动,如何迅速改变整个国家的面貌。社会不断前进,而灯节灯景也越来越宏伟辉煌,并且赋以各种不同深刻意义。回过头来看看半世纪前另外一些小地方年节风俗和规模极小的灯节灯景,就真像是回到一个极其古老的历史故事里去了。

我生长家乡是湘西边上一个居民不到一万户口的小县城,但是狮子龙灯焰火,半世纪前在湘西各县却极著名。逢年过节,各街坊多有自己的灯。由初一到十二叫"送灯",只是全城敲锣打鼓各处玩去。白天多大锣大鼓在桥头上表演戏水,或在八九张方桌上盘旋上下。晚上则在灯火下玩蚌壳精,用细乐伴奏。十三到十五叫"烧灯",主要比赛转到另一方面,看谁家焰火出众超群。我照例凭顽童资格,和百十个大小顽童,追随队伍城厢内外各处走去,和大伙儿在炮仗焰火中消磨。玩灯的不仅要气力,还得要勇敢,为表示英雄无畏,每当场坪中焰火上升时,白光直泻数丈。有的还大吼如雷,这些人却不管是"震天雷"还是"猛虎下山",照例得赤膊上阵,迎面奋勇而前。我们年纪小,还无资格参与这种剧烈活动,只能趁热闹在旁呐喊助威。有时自告奋勇帮忙，许可拿个松明火炬或者背背鼓，已算是运气不坏。因为始终能跟随队伍走，马不离群。直到天快发白，大家都烧得个焦头烂额，筋疲力尽。队伍中附随着老渔翁和蚌壳精的，蚌壳精向例多选十二三岁面目俊秀姣好男孩子充当，老渔翁白须白发也假得俨然，这时节都现了原形，狼狈可笑。乐队鼓笛也常有气无力板眼散乱地随意敲打着。有时为振作大伙儿精神，乐队中忽然又悠悠扬扬吹起"踹八板"来，狮子耳朵只那么摇动几下，老渔翁和蚌壳精即或得应着鼓笛节奏，当街随意兜两个圈子，不到终曲照例就瘫下来，惹得大家好笑！最后集中到个会馆前点验家伙散场时，正街上江西人开的南货店布店，福建人开的烟铺，已经放鞭炮烧开门纸迎财神，家住对河的年轻苗族女人，也挑着豆豉萝卜丝担子上街叫卖了。

　　有了这个玩灯烧灯经验底子，长大后读宋代咏灯节灯事的诗词，便觉得相当面熟，体会也比较深刻。例如吴文英①作的《玉楼春》词上半阕：

　　茸茸狸帽遮梅额，金蝉罗翦胡衫窄。
　　乘肩争看小腰身，倦态强随闲鼓笛。

　　写的虽是八百年前元夜所见，一个小小乐舞队年轻女子，在

---

① 吴文英：南宋词人。

夜半灯火阑珊兴尽归来时的情形，和半个世纪前我的见闻竟相差不太多。因为那八百年虽经过元明清三个朝代，只是政体转移，社会变化却不太大。至于新中国成立后虽不过十多年，社会却已起了根本变化，我那点儿时经验，事实上便完全成了历史陈迹，一种过去社会的风俗画。边远小地方年轻人，或者还能有些相似而不同经验，可以印证，生长于大都市见多识广的年轻人，倒反而已不大容易想象种种情形了。

图书在版编目（CIP）数据

到北海去 / 沈从文著. -- 南京：南京大学出版社，
2022.7（2022.12重印）
（大师童书系列. 沈从文作品精选）
ISBN 978-7-305-25806-0

Ⅰ.①到… Ⅱ.①沈… Ⅲ.①散文集—中国—现代
Ⅳ.①I266

中国版本图书馆CIP数据核字(2022)第089333号

到北海去
DAO BEIHAI QU

出版发行 / 南京大学出版社
地　　址 / 南京市汉口路22号　邮编 / 210093
出 版 人 / 金鑫荣
丛书策划 / 石　磊
项目统筹 / 游安良

丛 书 名 / 大师童书系列・沈从文作品精选
书　　名 / 到北海去
著　　者 / 沈从文
责任编辑 / 金春红
特约策划 / 刘　静

装帧设计 / 李　瑾　　　　封面插画 / 张大婷
美术编辑 / 吴慧慧
印　　刷 / 山东润声印务有限公司
开　　本 / 700mm×1000mm　1 / 16开　印张 / 9.75　字数 / 160千
版　　次 / 2022年7月第1版　2022年12月第2次印刷
ＩＳＢＮ 978-7-305-25806-0
定　　价 / 30.00元

网　　址 / http://www.njupco.com
官方微博 / http://weibo.com/njupco
官方微信 / njupress
销售咨询热线 / 025-83594756

★ 版权所有　侵权必究
★ 凡购买南大版图书，如有印装质量问题，请与所购图书销售部门联系调换